最後の晩ごはん

師匠と弟子のオムライス

椹野道流

角川文庫
19510

登場人物

最後の晩ごはん
師匠と弟子のオムライス

五十嵐《いがらし》海里《かいり》

元イケメン俳優。
情報番組の料理コーナーを担当していたが……。

夏神《なつがみ》留二《りゅうじ》

定食屋「ばんめし屋」店長。
ワイルドな風貌。料理の腕は一流。

イラスト／緒川千世

淡海《おうみ》五朗《ごろう》

小説家。高級住宅街のお屋敷に住んでいる。
「ばんめし屋」の上顧客。

五十嵐《いがらし》一憲《かずのり》

海里の兄。公認会計士。
自他に厳しく、父なき後の五十嵐家を支えてきた。

ロイド

眼鏡の付喪神。海里を主と慕う。
人間に変身することができる。

仁木《にき》涼彦《すずひこ》

刑事。一憲の高校時代の親友。
「ばんめし屋」の隣にある警察署に勤務。

プロローグ

時折、夏神留二《なつがみりゅうじ》が、夢に見る光景がある。

闇の中でも輝きそうなほど、完璧《かんぺき》に磨き上げられたステンレスの調理台。

ごつい五徳が特徴的な、ドイツ製のコンロ。

五つ口もあるそれは、家庭の台所ではまず見かけない、業務用の大火力ガスコンロである。

大きな鍋《なべ》を置いても他の鍋の邪魔にならないよう、五徳の間隔を広くとっているせいで、サイズも特大だ。

最初にそれを見たとき、あまりのいかつさに驚いて、「こっからロケットでも出るんか?」と口走った自分を思い出すと、夏神は恥ずかしくて、未《いま》だに穴があったら入りたいような気分になる。

店主である船倉和夫《ふなくらかずお》が、夏神の素朴な発言をとても面白がり、その後たっぷり一年間は、常連客との世間話のネタに大活用していたものだ。

それから、食材を入れておく、ちょっと音がうるさいアメリカ製の巨大な冷蔵庫。

その横にある、同じくアメリカ製の業務用フリーザー。

こちらは高さは腰の辺りまでだが、幅が広く、小分けにした食材を、見やすく収納することができる。

視線を下げると、常温保存の食材や調理器具をしまっておく棚、それに大きなオーブンが二台、料理の表面に焼き色をつけるグリドルが一台。

振り返ると、何のことはない合板製の、けれどホコリ一つないようピカピカに拭《ふ》き上げたカウンターがあり、出来上がった料理は、まずそこに置かれ、客席に運ばれていくまでのほんの数秒を過ごすことになる。

言うまでもなく、そこはレストランの厨房《ちゅうぼう》だ。

だが、夏神が経営する定食屋「ばんめし屋」の厨房よりずっと広く、設備も整っている。

壁に掛けられたフライパンは、どれも使い込まれてツヤツヤと黒光りし、ステンレスのレードルは銀色に輝いて、手入れの良さを窺《うかが》わせる。

カウンターの向こうには、厨房の大きさのわりに、あまり広くない客席が目に入る。

四人掛けのテーブルが、四つきり。

渋い赤のテーブルクロスの上に、パリッとした真っ白のクロスをかけ、赤いランチョンマットを敷いてある。

テーブルの中央に揃えられたのは、三つ折りにしたペーパーナプキンを立てるクラシックなステンレスのスタンドと、ガラス製の爪楊枝《つまようじ》入れ、それに塩、胡椒《こしょう》と、ごく小さな玩具《おもちゃ》のような一輪挿しの花瓶だ。

テーブルに、小さくて可愛い花を一輪生けておくというのは、この店の主《あるじ》の、若くして亡くなった妻の発案であったそうだ。

妻が世を去った後もずっと、店主が無骨な手で、毎朝、花の水を取り替えてきた。

「ちょっとした晴れの日には、ちょっとした花が似合いやろ」

花瓶にピンク色の小さな花を挿した店主は、夏神と目が合った瞬間、酷《ひど》く照れ臭そうな顰《しか》めっ面で、ぶっきらぼうに言い放つ。

そこまで思い出して、夏神はポカリと覚醒《かくせい》し、目を開けた。

まるで、スイッチを切り替えたような、余韻も何もない目覚めだ。

「……寒っ」

分厚い冬布団に覆われた身体は温かいが、外に出た顔、特に鼻の頭が、つんと冷たい。

時計を見れば、午前十時過ぎ。

窓にカーテンを引いているので室内は薄暗いが、カーテンの布地の上をちらつく光を見る限り、外は快晴のようだ。

寝る前にもう少し部屋を暖めておくんだったと悔やみつつ、布団を出てストーブをつけるのも億劫《おっくう》で、夏神は額まで布団を被《かぶ》り、さっきまで見ていた景色を反芻《はんすう》した。

夢で見ていたのは、懐かしい、かつての職場の風景だ。

生まれて初めてペティナイフを持たせてもらい、生まれて初めて他人に料理を振る舞った、料理人としての、彼のルーツとなった場所である。

最後に出てきた、花瓶の水を入れ替え、時折は萎《しお》れた花を取り替える作業は、あるときを境に、船倉のたったひとりの弟子である夏神の仕事になった。

店を去る朝まで、夏神は、たとえ定休日であろうと一日も休まず、花の面倒を見続けた。

最初は、何故、いい大人の自分が、そんな小学生がするようなくだらない仕事を与えられたのか、だいたい、そんなことをして何になるのかと、不満と疑問を抱え、渋々始めた仕事だった。

だが、繊細な花びらや細い茎は、人間よりも遥《はる》かに鋭敏に、気温や湿度の変動に反応する。

そのささやかな変化を感じられるようになった頃、夏神は、盛り付けや味見の際、師匠が毎日、料理の水加減や味付けを微妙に変えていることにも気がついた。

それを指摘すると、師匠の船倉は、珍しく開けっぴろげに笑って、「思うたより、早《はよ》う気ぃ付いたな」と嬉《うれ》しそうに言った。

料理というのは、ただ、食材を食べられる状態に加工することではない。

年がら年中、同じメニューを出しているからといって、毎日、まったく同じ作り方をすれば、一定の味が守れるというわけでもない。

季節に合わせ、環境に合わせ、相手に合わせ、お客さんひとりひとりが、いちばん美味《おい》しく食べられるように調理方法や味付けを工夫して初めて、その料理を食べた初回の感動を、二度目、三度目にも保つことができるようになるのだ。

それを言葉で伝えるかわりに、師匠は花で、夏神に教えてくれた。

それに、夏神が思っていた以上に、花というのは、人の心を和らげてくれるものなのだ。

「飯食いに来るのに、そこに花があっても邪魔なだけか、気になれへんか、どっちかやろ」

まだ師匠に敬語を使うこともしなかった頃、自分が吐いた暴言まで思い出して、恥ずかしさのあまり、耳たぶが熱くなる。

そんなことはないと、今の彼は知っている。

「今日は、どんな花が生けてあるんか、楽しみやったんよ」

店を訪れるたび、そう言ってくれた高齢の女性客。

思いきって意中の女性を食事に誘ったはいいが、話題が見つけられなくて互いに気まずくなってしまったとき、会話の突破口になってくれたのが可愛い花だった……そう語って、婚約祝いの食事に、揃って来てくれたカップル。

重い物が持てなくなった老母にも、これなら花を楽しんでもらえるからと、店主に頼み込んで予備の花瓶を一つ譲ってもらい、本当に大事そうに持ち帰った中年の男性客。ひとりでやってきて、本を読むでもなく、夏神たちに話しかけるでもなく、ただぼんやりと花を眺めながら料理を待っていた若い女性客。

赤くなった目元を時折ナプキンで拭《ぬぐ》いながら、花を相手にフルコースを平らげ、最後には「美味しかったです」と笑顔で去って行ったその女性の後ろ姿を、夏神は今もうっすら覚えている。

夏神が飾った花は、客と店、あるいは客同士を見えない糸で結び、その端っこは、時に夏神自身にも、ふわりと引っかかった。

その糸はあまりに細くて、おそらくは、ほんのいっときの出会いや語らいを繋《つな》ぐだけのものだっただろう。

それでも、すべてを失った……大切な人たちも、内定していた仕事も、住み処《か》も、心の平安も、他人への信頼も、何もかもを持てなくなっていた夏神には、ただ一輪の花が、微《かす》かな希望の象徴だったのである。

自分の店を持ってしばらくは、夏神も店に花瓶を置き、花を飾っていた。

無論その目的は、決してゴージャスとはいえない店に来てくれた客を、せめて花でささやかにもてなそうという思いからだった。

しかし、開店当初のなかなか客が入らない頃、ただカウンターの中で待つだけの、暇でつらくて不安な時間を、物言わぬ花たちがずいぶん慰めてくれたものだ。

徐々に客が来るようになり、忙しくなって、花を買いに行く暇さえ惜しむようになり、今では、花瓶をどこにしまい込んだのかすら、咄嗟《とっさ》には思い出せない。

それを考えると、自分が酷く恩知らずな気がして、チリッと胸が痛む。

(夢を見るんは毎度のことやけど、こうもあれこれ思い出すんは、久しぶりやな。どないしたんやろ。そないなガラ違うのに)

何故か酷くセンチメンタルになっている自分に気づき、夏神は、布団の中で小さく舌打ちした。

(やめや、やめ。しょーもないこと考えてる時間が勿体《もったい》ないわ)

そして、枕の具合のいい場所に頭を落ち着け直した彼は、二度寝する前に、さっきは何故、あんな風に唐突に目覚めてしまったのだろうと、考えを巡らせる。

ふと心当たりがあって、彼は手探りで、枕元に置いたはずのスマートホンを探した。すぐに、指先が硬くて滑らかなプラスチックの感触を探り当てる。

畳の上でしんと冷えたスマートホンを布団の中に取り込み、電源を入れて、夏神が「やっぱりかいな」と太い眉《まゆ》をハの字にして苦笑いした。

さっき、あんなに唐突に目覚めたのは、メールの着信音のせいだ。

「ったく。誰やねん、朝っぱらから。……あーあーあー」

差出人を確かめ、ムスッとした顔で布団をはねのけた夏神は、ゴロリと寝返りを打ち、うつ伏せになった。

枕に顎《あご》を載せ、畳の上にスマートホンを置いて、メールを開く。

差出人は、五十嵐《いがらし》奈津《なつ》、つまり、夏神の弟子兼同居人である五十嵐海里《かいり》の兄、一憲《かずのり》の妻である。

実は数ヶ月前から、夏神は、一憲に内緒で、奈津とメールのやり取りをする仲なのだ。といっても、やましいことやいかがわしいことはまったくない。

実際、今、夏神が開いているメールの本文に書かれているのは、こんな他愛ない、しかし奈津にとっては切実なメッセージである。

『おはようございます。そして、助けてください、先生! 昨夜《ゆうべ》、小芋の煮っ転がしを作ろうと思ったら、濃い味が外についてるだけで、中はガリガリに硬くて、全然美味しくないんです。弱火でじっくり煮たつもりだったのに、どうして?』

奈津が目の前で喋《しゃべ》っているような生き生きした文体と、あまりにも想像に難くない失敗料理の有様に、夏神も、いつまでも不機嫌ではいられない。

ホロリと苦笑いしながら、大あくびを一つして、「しゃーないなあ」と呟《つぶや》いた。

独身時代、獣医の仕事に忙殺されて料理をする暇があまりなかった奈津は、結婚後も、一憲の母親、公恵《きみえ》と同居しているため、日々の食事は、公恵任せである。

しかし、やはり新妻らしく夫の好物を作ってやりたいと思うのか、公恵が不在の日に手料理に挑戦しているらしい。

ところが、鍋《なべ》料理やパスタなら比較的得意なのに、一憲が好きなのは地味な和食で、奈津にはほとんど作った経験がない。

そのせいで、彼女曰《いわ》くこれまで勝率二割五分、つまり七十五パーセントは失敗しているというありさまらしい。

料理をしくじると、彼女はきまってこんな風に、夏神にこっそりアドバイスを求めてくるのだ。

料理上手であり、一憲の好みの味を知っている義母に教われればいいようなものだが、負けず嫌いな奈津としては、公恵に頼ることが悔しい……というより、上手に作った料理を出して、義母と夫を驚かせたり、喜ばせたりしてみたいらしい。

「やれやれ。昼まで寝てるて、何度言うたら覚えてくれるんやろなあ。……いや、無理か。あのお人は、昼夜関係なく働いてはんねんもんな」

諦《あきら》め八割の呟きを漏らし、それでも親切にアドバイスを返信しようとした夏神は、いつも用件しか書いてこない奈津のメールに、五行ほど改行した後、秘密めかして「追伸」が書かれていることに気付いた。

「まだ何かやらかしたんかいな」

太い指で不器用に画面をスクロールした夏神の顔から、ゆっくりと笑みが消えていく。

そこには、奈津らしい茶目っ気のある文体で、こんなことが付け足されていた。

『それはそうと、街に出ると風邪気味の人が多いから、きっと「ばんめし屋」のお客さんにも、風邪引きさんがいるはず。海里君もマスターもロイドさんも、うつされないように気をつけてください。特にマスターは、お店の大黒柱なんだから、倒れちゃだめですよ！　くれぐれも、お体大切に。可愛い義弟のことを、よろしくお願いします！』

「……大黒柱、なあ」

夏神は、真面目な顔で呟いた。

「まあ、それはともかく、返事送っとかな。小芋はまず皮を剝《む》いて下ゆで……下ゆでって、わかるやろか」

不器用なフリック入力で返事を打ちかけた夏神は、途中で手を止め、スマートホンをそのまま畳に伏せてしまった。そして、ゴロリと仰《あおむ》向けになる。

「俺は、大黒柱なんかやあれへん。ただ太いだけで、ちょっと押されたらすぐ倒れる、根っこがグラングランの柱なんやで」

板張りの天井を眺め、夏神は深い溜《た》め息をついた。そしてもう一度、目の上まで布団をひっ被《かぶ》ると、こんな呟きを漏らした。

「何をどないしたら、イガやロイドが安心してもたれかかれる、揺らがん柱になれるんやろうな……」

一章　小さな歩み

それは、世間がいわゆる「正月ボケ」からようやく立ち直り、新たな年の日常を淡々と送り始めた、一月半ばのことだった。

兵庫県《ひょうご》、阪神芦屋《はんしんあしや》駅のすぐ北側にある小さな定食屋「ばんめし屋」の二階では、店長の夏神留二と、住み込み店員にして元芸能人の五十嵐海里が、茶の間の壁に立てかけた細長い鏡を、さっきから互い違いに覗《のぞ》き込んでいる。

「なあおい、イガ。ホンマに服装はこうやないとアカンのか？」

夏神は、大きな肉厚の手で、ワイシャツの小さなボタンを面倒臭そうに留めながら、今日何度目かの質問を繰り返した。

「だから、あーかーんー、って言ってんだろ」

海里のほうも、その都度繰り返してきた同じ言葉を口にする。

彼の実家は、店からたった二駅分の距離にあるのだが、神奈川《かながわ》で生まれ育った海里がそこに越してきたのは高校入学時である。

その上、三年半暮らしただけで東京《とうきょう》に行ってしまい、戻ってきたのは去年なので、彼の関西弁は、「あかん」の一言だけでも、胡散《うさん》臭いまでにぎこちない。

「そうかあ？　俺、飯食いに行くだけのためにスーツ着たんなんか、人生初違うか」

「マジかよ」

「ドレスアップせんとあかんほど、大層な店に飯食いに行ったことがあれへんからな」

「結婚式の披露宴とか法事とかは？」

「そらまた別や。そういうんは、飯食うのが目的と違うやろ」

「ふむ。じゃあ、パーティは？」

「そないな洒落《しゃれ》たもんに、出たことあれへん。芸能人違うねんぞ」

「それもそっか。や、別に俺も、パーティ三昧《ざんまい》ってわけじゃなかったけどさ」

こちらは完璧《かんぺき》にスーツを着こなした海里は、肩を竦《すく》めて笑った。

細身のブリティッシュスーツは、芸能人だった頃、パーティ用に事務所がセミオーダーで仕立ててくれたものだ。

当時より全体的に少しだけ痩《や》せ、さらに定食屋の仕事で実用的な筋肉がついたせいで、身体に吸い付くようなピッタリさとはいかないが、着慣れている分、身のこなしは滑らかだ。

ネイビーストライプの上下は、ともするとビジネスマンのように見えてしまうものだが、少し派手な水玉模様のネクタイと、お揃いのポケットチーフのおかげで、実に洒落た雰囲気になっている。

「あー、なんでワイシャツって、こないにようけボタンがあるんやろな」

ぼやきながらも、どうにかワイシャツのボタンをいちばん上まで留め終えた夏神は、襟首にネクタイを回しかけ、結ぼうとする。

しかしその手つきときたら、料理をしているときの彼と同一人物とは思えないほどぎこちなく、有り体に言えば、気の毒なほど不器用である。

しばらく横目でチラチラ見ていた海里は、とうとうたまりかね、夏神の手首を摑《つか》んで制止した。

「ああもう、俺にやらせろよ。そんなにしたら、ネクタイがくちゃくちゃになるだろ」

そう言って、こちらは実に慣れた手つきで、海里は夏神の立てたワイシャツの襟元に、やや幅広のストライプのネクタイを回しかけるところからやり直す。

「おう、す、すまん。頼むわ」

眉尻《まゆじり》を下げ、情けない笑みを浮かべた夏神は、ごく自然に上半身を軽く屈《かが》めた。

海里としては、同性にそういう気遣いをされると少しプライドが傷つくのだが、彼自身も決して小柄ではない。夏神が極めて大柄なだけなのだ。

「夏神さんはガタイがいいから、ネクタイの結び目にボリュームを出したほうがいいかもなあ。っつっても、けっこうしっかりした生地だから、ウィンザー・ノットはちょっときついかも。ダブル・ノットにしとこうか」

ネクタイの左右の長さを調節しながら海里が提案すると、夏神はギョロリとした目を白黒させた。

「あ？　ネクタイの結び方て、そないに色々あるんか？　そのウィンなんちゃら、っちゅうんは……」

「イギリスのウィンザー公って人が編み出した、結び目が凄《すご》く立派になるやり方なんだ。夏神さんには似合うはずなんだけど、ちょっとネクタイの生地にも、襟の形にも合わないかな。ダブル・ノットはそこまでじゃないけど、高さが出るから、ここいらの人がよくいう、『シュッとした』感じになるよ」

「おっ、お前もついに、その言葉をマスターしよったか！」

「まだ完璧に対象が把握しきれてないけどな。俺はわりと『シュッとしてる』ほうらしいじゃん？　年上女性のお客さんたちに、よくそう言って褒められる」

どこか得意げにそう言って、海里はへへっと笑った。

それに夏神が何か言い返そうとするより先に、二人の傍らから穏やかで深みのある男性の声がした。

「たいへんによいチョイスだと思いますよ、ダブル・ノットは。我が主《あるじ》も夏神様も、とてもスーツがお似合いでいらっしゃいます」

声の主は、初老の白人男性……実は本体はセルロイド眼鏡の付喪神《つくもがみ》、ロイドである。

偶然、捨てられていた彼を海里が拾って以来、彼は海里を新たな主人と定め、ときには今のように人間の姿に化けて、行動を共にするようになった。

慇懃《いんぎん》に、しかしナチュラルな上から目線で二人を褒めたロイド自身は、イギリス製だけに、英国紳士を髣髴《ほうふつ》させるツイードの上着をサラリと着こなしている。渋い色合いの茶色のネクタイも、少しくたびれ気味の毛糸のベストも、かえって彼の「本物感」を増しているようだ。

「お前はええよな、イメージするだけで、その服を着た状態で出てこられるんやろ?」

夏神に心底羨《うらや》ましそうに問われ、ロイドは少し困り顔で微笑し、小首を傾げた。

「さようでございます。わたし自身も、これがいったいどのようなからくりなのか、よくわからぬところではございますが」

「自分でもわからんかったら、世話ないなあ」

「面目次第もございません」

言葉ほどは気にしていない、けろりとした顔つきで言ってのけるロイドに、夏神は失笑する。

その動きに、海里は眦《まなじり》を吊《つ》り上げた。

「あ、ちょっと夏神さん。大事なところなんだから、勝手に動かない!」

「お、おう。すまん」

弟子に頭ごなしに叱りつけられ、夏神は太い眉《まゆ》をハの字にして、それでも大人しくされるがままになっている。

真剣な面持ちで両手を動かしていた海里は、やがて夏神の襟元から手を離し、小さく半歩下がって全体を眺め、満足げに頷《うなず》いた。

「よっし。いい感じだろ、ロイド？」

「まことに結構でございます」

にこやかに頷くロイドに笑顔を向けると、海里はちょっと自慢げに姿見を指した。

「自分で見てみろよ、夏神さん。かなりかっけーぞ」

「どれどれ……おっ」

身を屈めたままで鏡を覗き込んだ夏神は、小さな驚きの声を上げた。

確かに、さっき彼が持て余していたネクタイは、見事に結ばれていた。結び目の大きさも形も、垂らした部分の長さも完璧である。

「ええやないか。おかげさんで、男ぶりがさらに上がったな」

「自分で言っちゃうかなあ。つか、夏神さん、次にスーツ作るときは、ベストも足して三つ揃いにしなよ。絶対かっこいいからさ」

「ベストは大袈裟《おおげさ》やろ。何や、堅苦しいし」

「んなことないよ。こういうのは、慣れなの。何度も着てりゃ、スーツのほうが身体に合わせてくれるようになる」

「ふうん……」

わかったようなわからないような相づちを打つと、夏神は深いオリーブ色のジャケットに袖《そで》を通した。

スーツの上からそれぞれコートを羽織り、三人は連れ立って店の外に出た。

午後六時半ともなると、外はもう真っ暗である。

土曜日だが、このあたりは週末でも、さほど人通りが増えることはない。夏場なら、目の前の芦屋川をジョギングする人々が見受けられる時間帯だが、真冬はさすがに、皆、早々と切り上げるようだ。

実は、店が定休日の今日、三人は揃って、作家の淡海《おうみ》五朗《ごろう》の招待を受けているのである。

店の常連客である彼は、先日、深夜に食事をしに来たとき、いつもの飄々《ひょうひょう》とした笑顔でこう切り出した。

「ところでね、今度の土曜の夜、三人とも暇かな？　ええと、午後七時から二時間くらい、僕のために割いてもらえたら嬉《うれ》しいんだけど」

カウンターの中にいた三人は、思わず顔を見合わせる。

最初に口を開いたのは、夏神だった。

「はあ、俺は特に予定あれへんですけど。イガ、お前は？」

海里もシンクに溜《た》まった食器をガシガシと洗いながら頷いた。

「俺も暇です。ってことは同時にロイドも暇ですけど、三人がかりで、何すりゃいいんですか？　ご自宅の模様替えか何かっすか？」

「おお、模様替えでしたら、わたしの英国仕込みのセンスが冴《さ》え渡りますな！　きっとお役に立てることと存じます」

「なんでだよ、お前、イギリスで作られたってだけで、大半の年月は日本にいたんだろ？　超ジャパニーズセンスだろうがよ」

「これはしたり」

ほどよくボケとツッコミが嚙《か》み合ったロイドと海里の会話にクスリと笑いながら、淡海はゆらゆらと骨張った右手を振った。

「違う違う、それも確かに魅力的だけど、君たちに労働を強いたいわけじゃないんだ。ただ、僕と一緒に食事をしてくれないかなと思ってね」

「食事？」

海里はスポンジと皿を持ったままキョトンとする。淡海は笑って、自分の薄い胸をシャツの上から軽く叩《たた》いた。

「君たちはそんなことないっていつも言うけど、妹の件で、君たちには本当にお世話になったからね。その流れで、君たちの大事な秘密を……ロイドさんの正体を、なりゆきで教えてもらっちゃったし。一度、きちんとお礼がしたいんだよ」

淡海が言う「妹の件」というのは、亡くなった異父妹が、ずっと魂の姿で自分の傍らにいてくれたことに、夏神や海里、そしてロイドの力を借りて気付くことができたという事件のことだ。

妹に対する罪悪感から解き放たれ、妹の魂を我が身に迎え入れたことで、彼曰《いわ》く、

「妹と日々のあらゆる経験を分かち合えるようになった」らしい。そして、そのおかげで、彼は今、実に刺激の多い、愉快な作家生活を送っているようだ。

夏神は、戸惑い顔で問い返した。

「俺ら、感謝していただくほどのことはしてませんて。こうして店に来てくれはるだけでありがたいんですから、そない気ぃ遣わんといてください」

だが、淡海は柔らかな口調で、しかしキッパリと言い返す。

「僕の感謝の念は僕のものだから、そこは君たちが何と言おうと譲れないな。だから、是非、受けてほしいんだよ。それに、料理人は、食べ歩きも修業のうちでしょう？　せっかくだから、とびきりの店にお連れしたいと思ってるんだ」

「とびきりの店！　行きたいです、俺！」

「淡海先生ほどのお方が仰《おっしゃ》る『とびきりの店』とは、胸躍りますなあ。眼鏡ですが」

たちまちあからさまに嬉しそうな声を上げた海里とロイドをジロリと睨《にら》み、夏神はカウンターに両手を突いた。

「ええんですか？　厚かましゅう三人もお呼ばれしてしもたら、高《たこ》うつきますよ」

「妹の存在は、お金には換えられないよ、マスター」

きっぱりそう言って、淡海は痩《や》せてはいるが整った顔に悪戯《いたずら》っぽい笑みを浮かべた。

「それに、単純に、美味《おい》しいものはみんなで食べたほうが楽しくていい。嫌じゃないなら、つきあってよ。それに、実はもう、答えを聞かずに予約を入れちゃったんだ」

そこまで言われては、遠慮するのもかえってイヤミだと感じたのか、夏神はようやくニッと笑って、軽く頭を下げた。

「そないに言うてくれはるんやったら、お言葉に甘えます」

夏神が承知するなり、ロイドと海里も満面の笑みでペコリと頭を下げた。

「甘えますっ！　そんで、何食わしてくれるんですか？」

「こら、イガ！」

「いいのいいの、定食屋の店員たるもの、食には貪欲《どんよく》じゃなくちゃね」

淡海は笑いながら財布を出し、小さな紙片を取り出して夏神に差し出した。

「地図をどうぞ。和食で、ここからは微妙に遠い店なんだけど、歩けないことはないよ。七時に予約を入れてあるから、店で待ち合わせよう。この店の料理とは違うベクトルで凄《すご》く美味しいから、楽しみにしていて。僕もとても楽しみだよ」

そんな言葉を残し、湯呑《ゆの》みに残ったお茶を飲み干すと、淡海はスマートに会計を済ませ、「じゃ、土曜日に」と、店を去って行った……。

「そうだ、お招きいただいたときって、手土産とか要るんじゃないの、夏神さん」

国道二号線を渡るべく信号待ちをしているとき、海里はふとそう言った。夏神は、ギョッとした顔になる。

「せや！　それを忘れとった。行きがけに、モンテメールで何ぞ……。せやけど、あんまり大仰なもん買《こ》うていっても、先生のことやから、余計に気ぃ遣いはるな。そもそもひとり暮らしやから、菓子折りは持て余すやろし」

「だよなあ。妹さんの影響で、スイーツに興味出てきたって言ってたけど、それでもそんなに食えるもんじゃないしな」

「ほな、海苔《のり》か何か……」

夏神と海里が頭を悩ませる横で、ロイドは涼しい顔をして、通りの斜め向こうを指さした。

「それでしたら、あちらは如何《いかが》でございましょう」

彼の人差し指の先には、落ちついた木目調の外観と、温かな色合いの照明が印象的な、わりに広い店がある。

それを見て、夏神と海里は、ほぼ同時に「ああ!」と納得の声を上げた。

そこは、地元では誰もが知っている「ビゴの店」本店だった。

ヒゲがトレードマークの創業者フィリップ・ビゴの名を冠した、フランスパンが特に有名な、パンと洋菓子の店である。

「せやな。歯ぁ弱い人はともかく、ここいらで、ビゴのパンを嫌がる人はおらんわな」

うんうんと頷《うなず》く夏神に、海里も弾んだ声で同意した。

「だよな。すぐ食う奴と、冷凍して置いとける奴と。一つずつ色々パンを買ってけば、先生、執筆で忙しくなっても、食うもんがあって嬉しいんじゃね?」

「そうでございましょう？　やあ、我ながら冴えたアイデアでございましたね」

「うむうむ、偉いぞ～」

海里は笑いながら、得意げなロイドの白髪交じりの髪を撫《な》で回す。傍目《はため》には、若者が年長者の頭をごしごし撫でている、しかも撫でられているほうもまんざらでもなさそう、という異様な光景なのだが、周囲に人がいないので、夏神も苦笑いで見ているだけだ。

やがて信号が青になったので、三人は国道を横断し、店内に入った。

広い店内は、入ってすぐ左側にケーキのガラスケースとレジカウンター、そして広く開けた右側に、木製の陳列棚が並び、そこにトレイやカゴに収めた色々な種類のパンが並んでいる。

三人はそこで相談しながら淡海のためのパンを選び、袋に詰めてもらって、意気揚々と店に向かった。

淡海が「微妙に遠い」と表現したように、目的の店は、確かに「ばんめし屋」からはそれなりに遠かった。

足腰に自信がなければ、タクシーを利用しても許される距離である。

店からJR芦屋駅まで北上し、そしてJR芦屋駅からも、ほぼ真っ直ぐ山側に向かって歩いていく。つまり、ほぼすべての道のりが緩やかな上り坂なので、じわじわと体力が削られるのだ。

JR芦屋駅周囲は、小さな飲食店が通り沿いに建ち並んでいるので賑《にぎ》やかで活気があるが、ほんの三分も歩けば、辺りは驚くほど閑散としてくる。

目当ての店は、大通りを右に入ってすぐの、そんな閑静な住宅街の一角にあった。

「ええと、地図によると、確かにここだと思うんだけど」

プリンターで打ち出した紙片と目の前の建物を見比べ、海里は不安げに呟《つぶや》いた。

目の前にあるのは、少し大きめの一軒家といった風情の建物だった。

竹を中心とした植え込みと高い塀に囲まれているので、建物の中からは、かろうじて光が漏れてくるだけだ。ごく細い通路が奥へ通じているが、看板が出ていないので、そこが店であるのか、個人の邸宅であるのか、判断がつかない。

「暖簾《のれん》っぽいもんがかかっとるから、店やろ」

「じゃあ、夏神さんが先に行って確かめてきて！　万が一、誰かの家だったら、ドロボー扱いされそうで嫌だもん！」

「俺やったらええんかい」

「だってホラ、『五十嵐カイリ、芦屋で泥棒！』とかって、ヤフーニュースに出たりしたら、超嫌じゃん？」

「……しゃーないな」

夏神は、いつもは剛胆な彼にしては珍しく、本物の泥棒のようなおっかなびっくりの忍び足で、打ち水をした石畳の細い通路を奥へと進む。

暖簾の手前まで行った彼は、そこでほうっと息を吐き、両腕を上げて大きな丸を作ってみせた。

「おっ、正解だったみたいだぜ。行こう、ロイド」

「かしこまりました」

海里とロイドも、ホッとした顔で通路に足を踏み入れる。

なるほど、通路の奥に掛けられた赤い暖簾の隅っこに、「京料理　たか木《ぎ》」と目当ての店名が小さく書かれていた。そのさらに奥にある引き戸の横にも、小さな表札が掲げてある。

「ええ店は、こういう門構えやって聞いたことがあるな」

そんな夏神の呟きに、海里は首を捻《ひね》った。

「なんで？　わざと店だってわかりにくくしてるってこと？」

夏神も、自信なげに答える。

「こういう店では、初めての客は、常連に連れられてくる。で、気に入ったら、次から自分で予約を入れてくるから、店の場所はわかっとるやろ。つまり、通りすがりの客はあてにしてへんっちゅう意思表示ちゃうかな」

ロイドは、したり顔で顎《あご》をさすった。

「なるほど、噂に聞いた『一見《いちげん》さんお断り』というシステムでございますな？」

「そこまでかどうかは知らんけど、まあ、はなからこの店で飯を食うつもりで、心身整えて来てくれ、ベストな状態で料理を楽しんでくれっちゅうことなん違うか？」

「はあ、なるほどねえ。さすがミシュラン星付き。客にもそれなりの準備を要求してくるってことかあ」

腕組みして感心しきりの口調でそう言った海里に、夏神は目を剝《む》いた。

「は？　何やて？　ミシュラン星付き？　そんなん聞いてへんぞ」

「あれ、言ってなかったっけ。どんな店だろうってネットで調べたら、確か二つ星くらい貰《もら》ってたよ」

しれっと言い放つ海里に、「これやから元芸能人は！」と嘆いた夏神は、「はあ、スーツ着てきてよかったわ」と力なく頭を振り、意外なほど重い引き戸をゆっくりと開けた。

店内は、拍子抜けするほどモダンな設えだった。

入り口を入ってすぐ、店内スペースは左右に分かれており、右側はカウンター席、左側は、テーブル席になっている。

三人は、テーブル席のほうに通された。既に、先客が三組、食事を楽しんでいる。

「や、お疲れさん。今日はどうもありがとう」

先に来て待っていた淡海は、いちばん奥の、大きなガラス窓側のテーブルに着いていた。あまり席の善し悪しを感じさせないシンプルな空間だが、それでも上座にあたる席に敢《あ》えて座っているのは、これ以上、夏神を恐縮させまいとする、淡海なりの配慮に違いない。

各自の席の前には、既に丸い塗りの盆が置かれ、箸《はし》と赤い杯がセットされている。この盆をランチョンマット代わりに、食事をするということなのだろう。

「本日は、お招きをいただきまして、どうも」

夏神は両手を腿《もも》に置き、軽く一礼した。海里とロイドも、それに倣う。

こちらはタートルネックのシャツに千鳥格子の遊び心のあるジャケットを着た淡海は、「いやいや」と鷹揚《おうよう》に応じて店内を片手で示した。

「きちんとドレスアップしてきてもらってなんだけど、このとおり、意外と気軽な店なんだよ。このテーブルも、家でご飯を食べる奴みたいでしょ？」

淡海が小声で言うように、確かに簡素な室内である。障子紙を思わせる壁面はひたすら白く、装飾といえば、壁に飾られた餅花《もちばな》だけだ。

柳の枝に、紅白に染め分けた餅を花のようにくっつけたそれは、正月に飾って、ひな祭りの頃に乾いた餅を取り外し、油で揚げてひなあられにするのだ……と、飲み物のオーダーを取りにやってきた女性従業員に教わり、海里は「へえ」と驚きの声を上げた。

「やはり、こうしたお店では、従業員の方も博識でいらっしゃいますなあ」

ロイドのしみじみした言葉に、夏神は腕組みして唸《うな》る。

「むう。うちはしがない定食屋やけど、やっぱし、店ん中のちょっとしたもんから、話が広がっていくんはええなあ。俺らも、雑学の引き出しを増やさんとアカンな」

「おやおや、料理が来る前から、もう学んじゃってるね。料理のプロをお招きするわけだから、自信を持って美味《おい》しいと言えるものをご馳走《ちそう》したくてね。料理は月替わりでコースになっているから、黙って座ればいいってシステムも、ずぼらな僕には向いてる」

「あっ、そこだけは、うちと同じですね。うちは日替わりだけど」

ささやかな共通点を見つけて、海里は声を弾ませる。淡海は笑って頷いた。

「毎日でも来たい、来られる価格帯の店なら日替わりがいいし、改まった日に使う店なら月替わりでいい。献立を変更するタイミングは、実に理にかなっているね」

「なるほどな〜」

そんな会話をしているうちに、先付けが運ばれ、赤い杯に、食前酒が注がれる。

「うっわあ」

海里は、思わず溜《た》め息をついた。

芸能人だった頃、海里は先輩俳優やスポンサーの招待で、他のミシュラン星付きの店で食事をしたことが何度かある。だがそれはイタリアンやフレンチばかりで、和食は初めてだった。

「和食って、こんなに綺麗《きれい》な盛り付けができるんだな」

先付けは、翼を広げた鶴の形をした、いかにも正月にふさわしい皿で供された。

中央にこんもりと盛られているのも、おせち料理をアレンジした料理である。

紅白のなますと蟹肉《かににく》、三つ葉を和え、ゆるい出汁《だし》風味のゼリーで包み、金箔《きんぱく》をあしらってある。てっぺんに載せられたのは、おせちの定番である二尾のごまめ、それからごく細切りにした柚子《ゆず》の皮だった。

目でも鼻でも、勿論《もちろん》舌でも楽しめ、しかも柔らかな酸味が胃袋をほどよく刺激し、これから本格的に始まる食事への臨戦態勢がとれるよう助けてくれている。

「手が込んでおりますなあ」

器用に箸を使い、しみじみと感嘆の声を上げるロイドに、夏神も魂が半分抜けたような顔で頷《うなず》いた。

「ホンマに。定食屋のおっさんには出されへん味と、盛り付けの繊細さや」

「いやいや。適材適所って言うでしょう。夏神さんの店には、気楽にがっつり食べたい人、ご飯と一緒におかずを食べたい人が来るんだから、こういう店とは根本的に出すべき料理が違うよね。でも、何か参考になることもあるんじゃないかと思って」

「いや、ホンマそうです。一皿目から、勉強さしてもろてます。なるほどなあ。酢を出汁で割るだけで、こない柔らかい味になるんやな。一手間やな」

自宅を出る前からどこか緊張気味だった夏神も、料理を口にするやいなや料理人の顔に戻る。

その真剣な顔をテーブル越しに見つめつつ、海里は名残惜しそうに、最後の一口をじっくりと噛《か》みしめた。

料理はそれからも、汁物、刺身、八寸と続いた。

汁物が雑煮風だったり、八寸におせち料理が盛り込まれていたりと、先付けと同様、他の料理にも正月の雰囲気が満ちていた。

「うわっ、この黒豆、やわらけえ」

八寸の一品、小さな器に入った大粒の黒豆を口に放り込み、海里は目を丸くした。

淡海は、日本酒を冷酒でちびちびと飲みながら、旨《うま》そうに数の子を頬張って頷いた。

「丹波《たんば》の黒豆を、上手に炊いてあるよね。そういえば、夏神さんのところは、おせちはどうしたの？」

夏神はちょっと恥ずかしそうに頭を掻《か》いた。

「いやあ、イガが食うんやったら何ぞ……と思うとったんですけど、特に興味ないいっちゅうんで、これといって作らんかったんですよ」

「おやおや。じゃあ、正月は何を食べていたの？」

「まあ、雑煮はうち風で作りまして。あとはちょい贅沢《ぜいたく》に、ええ肉買《こ》うといてすき焼きしたり、それを牛丼に転用したり……」

指を折りながら記憶を辿《たど》る夏神に、海里もこう言った。

「俺は元日、実家に呼ばれたんで、おせち食いましたよ！　デパートで注文した出来合の奴ですけど、久々に食ったら、なんか妙に旨くて。これって、俺が大人になったのかなって思いました」

「ふふ、なるほど。おせちは確かに大人の味かも」

するとすかさず、ロイドがすまし顔で口を挟む。

「ですが二日目にはもうすっかり醤油《しょうゆ》味に飽き飽きなさって、夏神様にカレーを所望しておられましたねえ」

「おい、それ言うなよ！　つか、醤油味を満喫したら、やっぱカレーだろ！」

「ははは、カレーも日本人の正月料理の一つだよね。僕も食べたよ」

夏神は、意外そうに淡海を見た。

「へえ、淡海先生も？　やっぱし、正月はご自宅で？」

「そのつもりだったんだけどね。妹が、両親と過ごしたがっているのがわかったし、僕にも、両親に歩み寄ってほしい……そう願っていると確かに感じたんだ。だから、久しぶりに東京の実家で過ごした」

そう言って笑う淡海が以前よりずっと幸せそうで、他の三人もつられて笑顔になる。

何も知らない人が聞けば、「妹がどうとか、大丈夫だろうか」と心配するような話だが、確かに淡海は今、みずからの内に、亡き妹の魂を住まわせているのだ。

海里は心配そうに問いかけた。

「そんで、ご両親とは上手《うま》くいったんですか？」

淡海は手びねりの小振りな杯を手に、はにかんだ笑みを浮かべた。

「別にケンカ別れをしたわけじゃないし、今後は両親と割り切った大人の付き合いを……と思って帰ったんだけど、何だか予想外に歓迎されちゃって。驚異の上げ膳《ぜん》据え膳だったよ」

「よかったやないですか」

夏神に言われて、淡海は「うん」と子供のようにこっくりと頷いた。

「なんていうかね、僕は父と血が繋《つな》がっていないし、もう自活しているし、両親は、僕の中に妹がいるなんてことは、勿論知らない。それなのに、父も母も、『家族が揃って嬉《うれ》しい』と言ってくれたんだよ。そして、ひとり暮らしの僕の食生活を物凄《ものすご》く心配してくれた。僕は子供の頃からやせっぽちなのに。……反省したなあ」

「反省、でございますか？　お喜びになった、ではなく？」

人間に化けることはできても、人の心の機微には時々疎いロイドである。訝《いぶか》しげに問いかけられ、淡海もまた自分の気持ちを確認するように、ゆっくりと言葉を紡いだ。

「うん。勿論、戸惑いながらも嬉しかったんだけどね。それより、僕は馬鹿だったなと。たとえ僕が上司の隠し子で、父としては、将来の出世のために、僕を身ごもった母と結婚しなきゃならない状況だったとしても、夫婦になり、僕を我が子にしてくれたとき、とっくに腹を括《くく》ってたんだ。この歳になって、ようやくそれが理解できた」

海里は、形のいい眉《まゆ》をハの字にして、何となく言いにくそうに質問する。

「だけど前に先生、ご両親が、先生の実の父親に遠慮して、先生のことを腫《は》れ物扱いしてたって……」

だが、そんな問いにも、淡海は躊躇《ちゅうちょ》なく答えた。

「そういう時期も、実際にあったよ。それでも両親は、僕を家族の一員だと思ってくれていた。それで十分だ」

「そういう……もんですか？」

茹《ゆ》でた海老《えび》の背中にちょっぴりキャビアを挟んだものをパクリと頰張り、淡海は貧相な肩を竦《すく》めた。

「だってさ、僕は長男だからね。初めての子供ってだけでも大変なのに、その子が上司の子となれば、両親だって試行錯誤と右往左往の連続だったと思う。大っぴらに誰かに相談することもできないし」

「確かに」

「葛藤《かっとう》もあっただろう、自分たちの選択を悔いたことだってあっただろう。人間だもん、当たり前だよ。だけど、それを乗り越えてくれたことを、僕はまず感謝すべきだったんだ。それに気付かないなんて、どうかしていた。子供って、親に正しい振る舞いと無償の愛情を求めすぎだよね」

「……ああ。なる、ほど」

海里は鈍く頷く。

父親が物心つく前に事故死してしまったせいで、海里にとっての「父親代わり」は、年の離れた兄、一憲だった。

最近は互いにずいぶんと歩み寄ったとはいえ、長らく兄と不仲だった理由を、海里は兄の厳格で頑固すぎる性格と無理解のせいだと思い込んでいた。

だが、色々な人との出会いの中で、当時の兄の葛藤や苦悩を知って、海里は最近ようやく、兄のあの強烈すぎる束縛と圧迫は、海里のことを想うがゆえ、そして父に代わって海里を立派に育てなくてはという責任感がやや強く出過ぎたがゆえのことだと理解できるようになってきたのだ。

だからこそ、海里には、淡海の気持ちが少しわかるような気がした。

「親と上手くいってなかった原因が、むしろ自分にあるって感じ、ですか？」

「そう、それ！」

淡海は晴れ晴れとした笑顔で、杯を海里のほうに軽く掲げる。

「結局、実の父の影に怯《おび》えていたのは、僕も同じだったんだろうね。実家の自分の部屋に寝転がって、当時の心境を冷静に分析したら、気がついた。腫れ物扱いに憤っていたのも、父や母が好きだったからこそなんだって。だから、生まれて初めて、実家でのびのびと三箇日を過ごせたよ。年甲斐《としがい》もなく、ちょっと甘えてみたりもしてね」

「よかったやないですか」

「うん、よかった。僕も両親も妙に照れながらだけど、離ればなれの時間が長かったからこそ、こうして仕切り直しができたんだろうな。妹も……純佳《すみか》もきっと、喜んでくれていると思う。東京でテレビの仕事も増えたことだし、今後はもっと頻繁に、実家に顔を出そうと思うんだ。親孝行のやり方は、これから勉強しなきゃいけないんだけど。さあ、どうぞ」

そう言って笑いながら、淡海はガラス製の小さなピッチャーを取り、隣席の夏神に日本酒を勧める。

「こらどうも」

こちらはやや大ぶりの杯でそれを受けた夏神は、軽く一口酒を飲んでから、やけに実感のこもった声でボソリと言った。

「イガも先生も、よかったですわ。『孝行をしたいときには親はなし』ってよう言いますしね。親孝行のやり方なんぞ、今からナンボでも考えはったらええんです」

その声に滲《にじ》む何とも言えない苦さは、淡海だけでなく、海里とロイドにも伝わったのだろう。三人とも、咄嗟《とっさ》に何も言えず、奇妙な沈黙が流れる。

それに気付いた夏神が、少し慌てて何か言おうと口を開いたとき、彼がテーブルの端に置いていたスマートホンが、盛大に振動を始めた。

「あ、電話や。……ちょっとすんません。しばらく外しますんで、構わず食事を進めとってください」

そう言い置いて、夏神は席を立った。ガラス窓越しに、彼が引き戸を開け、道路のほうへ向かうのが見える。

淡海は、少し困惑した様子で海里に訊《たず》ねた。

「もしかして、マスターのご両親って、もう……？」

海里は曖昧《あいまい》に首を振った。

「や、わかんないっす。店に来たことはないですけど、生きてるかどうかは聞いたことないんで。そういうことは……」

「プライバシーだもんね。ちょっとワケアリな感じの言い方だったから、気になってさ。でも、詮索《せんさく》はよくない。やめよう」

淡海はそう言って、アッサリと話題を変えた。

「ところで、五十嵐君さ」

「はい？」

「二人だけのときに話すと密談みたいでよくないけど、ロイドさんがいるからいいか。その、嫌ならハッキリ言ってくれていいんだけど」

「……何すか？」

こちらはジンジャーエールを飲みながら、海里は淡海を見た。酒を飲めないわけではないのだが、日本酒は飲み慣れていないので、食前酒だけで軽く酔ってしまい、ずっとソフトドリンクを飲んでいるのだ。

淡海はどう言ったものかと少し躊躇《ためら》う素振りを見せてから、思いきったようにこう切り出した。

「君を、僕の小説のキャラクターのモデルにしたら、気を悪くするかな？」

想像の範囲外、遥《はる》か彼方《かなた》からやってきた質問に、海里は「は？」と間の抜けた声を出したきり、絶句する。

傍らで、ロイドが明るい声を上げた。

「それはもしや、先日の妹君をモデルにお書きになったとおぼしき、あの小説のようにでございますか⁉ 拝読致しました。たいへん面白うございました。痛快でありながら、切のうもございました。このロイド、感服致しまして、僭越《せんえつ》ながらいつかあのご本にサインをいただきたく」

「うっせえ。お前は黙ってろっつの」

他の客に聞かれては、若者が年長者に何と言う口の利き方かとひんしゅくを買うことは間違いない。海里はヒソヒソ声で囁《ささや》くとロイドの脇腹を小突いて黙らせ、「すんません」と淡海に軽く頭を下げた。

淡海は、ちょっと恥ずかしそうに首を横に振る。

「やあ、妹がモデルだってことは君たちにはバレバレだから、とてもあの本のことは言い出せなかったんだけど、読んでくれてたんだねえ。恥ずかしいのと同じくらい、嬉《うれ》しいよ。ありがとう。……あ、でも、あの本みたいに、あからさまに五十嵐君のことを書くわけじゃないよ。モデルにしたいだけ」

辛みのあるジンジャーエールを一口飲んでから、海里は警戒を露《あら》わに、探るような口調で淡海に問いかけた。

「それって、どの程度の『モデル』なんですかね?」

「そうだねえ、今考えているのは……」

淡海は塗りの盆を少しだけ前に押しやり、空いたスペースで頰杖《ほおづえ》を突いた。考え事をするときの、お決まりのポーズなのだろう。

「ティーンズのアイドルグループの一員である少年が、将来に対する不安や、メンバー内での格差に悩んで、ドラッグに手を出してしまい……」

「ちょ、俺、クスリは誓ってやってないっすよ？」

慌てて口を挟んだ海里に、淡海は苦笑いで言い返す。

「当たり前でしょう。そんなことはわかっているよ。その程度の『モデル』具合ってこと」

それを聞いて、海里はようやくホッとしたように、無駄な肉の一切ついていない、男性にしてはやけに滑らかな頬を緩める。

「よかった。誤解されてたらどうしようって思ったじゃないですか。けど、そいつ、いったいどうなるんです？」

「ドラッグの影響で、自分は最高にいけてると思いこむんだけど、周囲から見れば、言動の奇妙さが徐々に目立ってくる。そして彼を案じたマネージャーの通報によって、彼は警察に逮捕されてしまうんだ」

まるで自分が同じ目に遭ったかのように、海里は端整な顔をしかめる。

「うわあ……そんで、逮捕の上に芸能界追放か。クリーンなのが売りのアイドルじゃ、ほとぼりが冷めた頃に復活ってわけにもいかないですしね」

「なるほど、やっぱりそうか。で、何もかも失った彼はひとまず実家に引き取られるんだけど、押し寄せるマスコミに家族が消耗していくのを見て耐えきれず、深夜にひとり、家を出る……」

「おや、そのあたりは、海里様と似ているような似ていないようなでございますね」

ロイドは呑気《のんき》そうな口調で言った。淡海は、長い指で自分の顔を指す。

「そりゃまあ、やっぱり小説のキャラクターっていうのは、自分の中から生まれ出るものだからね。いくらモデルにしたい人物がいても、ある程度は自分が入り込むものだよ。この場合は、深夜にこっそり家を出るっていう僕の経験を、どうしても入れたくなってしまった」

「はあ、そういうものでございますか」

「いや、だからお前は黙ってろっつーのに」

ロイドをジロリと睨《にら》んでから、海里は淡海に興味津々の視線を戻した。

「その後は？　そいつ、どこで何するんです？」

だが淡海は、チェシャ猫のように人の悪い笑い方をして、ゆっくりとかぶりを振った。

「全部喋《しゃべ》っちゃったら、小説を書き上げて献本したとき、楽しみがないでしょ。何もかもを失い、前科までついてしまった彼が、どうやって立ち直っていくか……そこは、君のひたむきさや芯《しん》の強さを多少はモデルにしつつ、僕の腕の見せ所ってわけ」

「ええーっ、そんな、起承転結の承あたりで、予告終了っすか？」

「そう、終了。これでも、モデルになってくださいとお願いする以上、多めにサービスしたつもりなんだけど」

「マジか……！　映画の予告編《トレイラー》より気になる」

居心地悪そうに身体をモゾモゾさせる海里に、淡海は可笑《おか》しそうに言った。

「そう言ってくれると、執筆にも力が入るよ。ってことは、君をその程度モデルにして書いても構わないってこと？」

海里は、完全に警戒を解いた顔で頷《うなず》いた。

「いいっすよ、そのくらいなら。まんまだとヤバイって思いましたけど、それなら俺とすぐ結びつける人はいないだろうし」

「勿論《もちろん》、そうはならないように努めるよ。ルックスも、君とはまったく違うタイプにするしね」

「そりゃ、人気アイドルが俺みたいな顔じゃ、ちょっと地味過ぎるでしょ」

「だよねえ」

「そこ、そんな迷いなく、笑顔で同意するとこじゃないですから！　ひっどいな！」

「おや、これは失礼」

「いえいえ、海里様は、わたしのアイドルでいらっしゃいますよ？」

「嬉しくねえから、それ。だいたい、眼鏡のアイドルって何だよ」

三人が顔を見合わせて笑い出したところで、通話を終えた夏神が、席に戻ってくる。

「すんません、失礼しました。……ちゅうか、えらい楽しそうですけど、何の話を？」

怪訝《けげん》そうに一同の顔を見回す夏神に、淡海は薄い唇の前に人差し指を立て、海里にウインクしてみせた。

「内緒。形になったら、ちゃんとマスターにも教えるからね」

「は……はあ」

「悪い話じゃないから心配しないで。ああ、ちょうどいいところで次の料理が来た」

淡海の言うとおり、従業員がやってきて、八寸の器を下げ、焼き物の皿をそれぞれの前に置く。

マナガツオの西京漬けに、酒粕《さけかす》の薄い衣をかけて焼き上げたものだ。まるで、魚の上に雪が積もったようで、これまた真冬らしい料理である。

自分が中座した後ろめたさもあるのか、夏神もそれ以上追及しようとはせず、四人はまったく違う話題で盛り上がりつつ、料理を楽しんだ。


デザート二品、それに抹茶で食事を締め括《くく》り、手土産のパンを嬉しそうに抱えてタクシーに乗り込んだ淡海を見送ってから、夏神と海里、それにロイドは、腹ごなしの散歩がてら歩いて帰ることにした。

午後九時を過ぎて、街はますます静かで、話す声も自然と抑えめになる。山から吹き下ろす風は冷たく、夏神と海里は猫背気味になるが、本体が眼鏡であるロイドだけは、ケロリとした顔だ。

「何もかも美味《おい》しゅうございましたね」

そんなロイドの言葉に、並んで歩く夏神も海里も、口々に同意した。

「ホンマやな。さすが淡海先生や。ええ店を知ってはる。まさに、異次元の味やった」

「マジでそんな感じ。うちの店とはタイプが違うから、同じようには絶対できないけどさ、でも、参考に出来るとこもあったね」

そんなことを言う海里を、夏神は面白そうに見やる。

「ほう。お前はどんなことを参考にするつもりや？」

「んー、そうだな」

海里はダッフルコートの襟元を寒そうに立てながら答えた。

「やっぱ盛り付けと、ちょっとした添え物かな」

「ほう？」

「ほら、今日のコース、けっこう高さを出した料理が多かったじゃん？　これまでそんなに気にしなかったけど、高低をつけて盛ると、やけに旨そうに見えるもんだなって」

両手で「こんもり」を表現しながら、海里は夏神を見た。

「だからさ、こう、メインのおかずは、どうしても平たくなりがちだろ。トンカツにしても、オムレツにしても、その他にしても」

「まあ、そうやな」

「だから、それに対して、千切りキャベツをもっとこう、空気を含ませる感じでこんもり高い山にして、その横に、小さい山的にポテトサラダとかトマトとかを綺麗《きれい》に添わせると、もっといい感じになるかなってイメージしてたんだ」

夏神は、弟子の思いつきに、満足げに頷いた。

「ええな。ほんで、添え物は？」

「それもさあ、さっき食べたどの料理にも、何か振りかけたり、飾ったりしてあった。おろした柚子《ゆず》の皮とか、穂じそとか、山椒《さんしょう》とか、菊の花びらとか」

「柚子と山椒と七味くらいは、うちでも使っとるで？」

そう言われて頷きつつも、海里は異を唱えた。

「そうなんだけど、もっとこう、複合的な目的で使えるようになれたほうがいいかなって」

「複合的？　また難しい言葉を使い出したもんやな。どういうこっちゃ？」

「だからさあ、さっきの店で使われてたものって、香りを出して、風味を足して、そんで彩りの仕事もしてたろ？　俺、夏神さんに言われた通りに柚子の皮とか使ってきたけど、もっと目的とか効果とか、ちゃんと考えなきゃなって思ったんだよ」

「おー。大したもんや。お前、なかなかインテリやないか」

「んなわけねえだろ、ギリ高卒だよ」

「学歴と賢さは正比例と違《ちゃ》うぞ。やあ、思うたより、お前は賢い。ええ弟子や」

日本酒の酔いがほどよく気持ちを高揚させているのか、夏神は上機嫌にそう言って、大きな肉厚な手で、海里の髪をグシャグシャと撫《な》で回した。

さっき自分がロイドにしたときとは比べものにならないほど荒々しく撫でられ……というか、もはや頭を摑《つか》まれ、海里は両手で抵抗しながら抗議の声を上げた。

「ちょ、やめろって！　せっかくドレスアップしてんのに、頭ぐっちゃぐちゃだと変だろ！　つか、さっきの！」

「あ？」

間の抜けた声を発して、夏神はようやく海里の頭から手を離す。手櫛《てぐし》で乱れきった髪を整えながら、海里は言葉を継いだ。

「さっきの電話。何か、大事な用事だった？　ほら、夏神さん、なんか用事してるときとか、人と話してるときに電話がかかってくると、いつもはわりとあっさり『掛け直します』って言うじゃん？　さっきはやけにいそいそ出て行ったから、ちょっと気になってさ」

そんな弟子の指摘に、夏神は少し驚いた様子で、海里の顔をつくづくと見た。

「お前、ホンマに要らんとこで勘のええやっちゃな」

「へ？　じゃあ、アタリ？　何かあったの？　あ、いや、別に言いたくなければ言わなくていいけど」

「別に、言えんようなことやあれへん。変な気ぃ回さんでええ」

そう言って小さく笑うと、夏神はずっときっちり締めていたネクタイを指先で緩めながら、あっさりと電話の話し相手を海里たちに告げた。

「船倉和夫……っちゅうても知らんやろ。俺の師匠や」

「師匠!?」

夏神を両側から挟むようにして、ロイドと海里が同時に声を上げる。

「師匠って、料理の師匠?」

「そうや」

「おお! 噂には聞いてたけど、何て? 何かあったの?」

JRの高架下に差し掛かり、通路を明るく照らす蛍光灯のおかげで、夏神の顔がハッキリ見えた。

アルコールのもたらす高揚感は、急に逃げ去ったらしい。夏神のいかつい顔には、はっきりした憂いの色があった。

海里は急に心配になって、夏神のコートの袖《そで》を軽く引く。

「マジで何かあった? 病気とか、怪我とか?」

「ああいや、そういう深刻なことやないねん。師匠は元気にしてはった。せやけど、師匠がやっとる洋食屋がな」

「店の経営が、芳しくないのですか?」

ロイドも、気遣わしそうにそっと問いかける。夏神は苦笑いで、これにもかぶりを振った。

「いやいや。経営は上々なんやけど、何しろ師匠も年やからな。そろそろ引退しようかと思うて言うてはるんや」

「引退。跡継ぎは？」

「おらん。せやから、店畳もうと思うとるって、電話してきはった」

「そっか……」

夏神の何かをぐっと噛《か》みしめるような表情や低い声から、彼の寂しさや、師匠を案じる気持ちがハッキリと伝わってくる。

何と声をかけていいか思いあぐねて、海里は口を噤《つぐ》んだ。さすがに空気を読んで、いつもはお喋《しゃべ》りなロイドも黙って歩いている。

そんな二人の気遣いを感じたのだろう、夏神はあっけらかんと笑って、海里の背中をポンと叩《たた》いた。

「気にせんでええ。どんな仕事しとっても、終わりのときは必ず来るもんや」

海里は、何だかしょんぼりした気持ちで頷《うなず》く。

「それは真理だけどさ、やっぱ寂しいっしょ？」

「そらそうや。せやし、明日《あした》、ちょっと顔見に行こうと思うとるんや。師匠は、『一応知らせただけや、別に来んでええぞ』って言うとったけど、やっぱしな」

「そりゃそうだよ、弟子なら、絶対行かなきゃ。……つか、嫌だったらやめるけど、俺も一緒に行っちゃ駄目かな？」

海里の申し出に、夏神はギョロ目をパチパチさせる。

「お前がか？　いや、別にええけど、休みの日を、俺の付き合いで潰《つぶ》してしもてええんか？」

海里は迷いなく頷く。

「別に、予定ないしさ。それに、俺は夏神さんの弟子だろ？　ってことは、夏神さんの師匠は、俺の大師匠ってことじゃん。引退前に、いっぺん挨拶《あいさつ》しとくべきかなって」

「それもそうやな。『お前が弟子を取るなんぞ、百年早いわ！』て、俺がめっちゃどやされる気がせんでもないけどな」

「それでもいいじゃん。挨拶もしたいし、夏神さんが料理の修業した場所、見てみたいんだ。お前もだろ、ロイド？」

「は、勿論《もちろん》でございます。是非ともご一緒させていただきたく！」

夏神は、慌ててロイドに釘《くぎ》を刺す。

「おいおい、ちょー待て。来るんはかめへんけど、ロイドは眼鏡で頼むで？　イギリス人のおっさんを雇ったっちゅう話になると、経緯《いきさつ》の説明が難儀すぎてあかんわ」

「かしこまりました！　我が主《あるじ》のポケットより、言葉は発することなく、ただ敬意だけを溢《あふ》れんばかりに捧《ささ》げさせていただきます！」

涼しい顔で請け合い、ロイドは舞台役者のような優雅な礼をしてみせる。あからさまに不安げな顔つきながら、夏神はしぶしぶ頷いた。

「……溢れんばかりの敬意、なあ……。うっかり、溢れささんといてくれや。ほんで、くれぐれも喋らんようにな。ほな、明日の昼過ぎ、また一緒に出掛けよか」

「了解っ。あ、じゃあ、明日もスーツ？」

「アホ、俺が修業した店は、ミシュラン星付き違うぞ。ちょっとだけ上等な普段着で十分や」

「そのドレスコード、むしろ難しいんですけど？」

そんな他愛のない会話をするうち、自分の弟子を師匠に紹介することが、少し楽しみになってきたらしい。夏神の顔に、いつもの明るさが戻ってくる。

海里もまた、初めて会う夏神の師匠はどんな人だろうとあれこれ想像を巡らせながら、のんびりした足取りで家路を辿《たど》った……。

二章　遠い日の名残

　翌日の昼前、トースト一枚の軽いブランチを済ませると、夏神と海里は連れ立って店を出た。

　店の最寄り駅は阪神芦屋駅だが、二人は敢《あ》えてJR芦屋駅へ向かった。駅前ショッピングモールのモンテメールで、夏神の師匠への手土産を購入するためだ。

　悩んだ末に夏神が選んだのは、モロゾフの、昔ながらのガラス容器に入ったカスタードプリンだった。

　大阪《おおさか》方面行きの新快速列車に乗り込み、扉の近くに立った海里は、夏神が提げているプリンの入った紙箱を、どこか不思議そうに見下ろした。

「何や？」

　今日はロングスリーブのTシャツとカーゴパンツ、それに革ジャンという服装の夏神は、太い眉《まゆ》を軽くひそめて問いかけてくる。

　こちらはざっくりした織りのオーバーサイズ気味のセーターにチノパンという服装の海里は、率直なツッコミを入れた。

「や、確かにモロゾフは地元のメーカーだけど、今やどこでも買えるんじゃね？　もっと、芦屋ならではのもんを買ったほうがよかったんじゃないかと思ってさ。それこそ、ビゴの店だって入ってたんだし」

それを聞いて、扉に軽くもたれた夏神は、ふふっと不敵に笑った。

「わかっとらんなあ。芦屋らしいもんも勿論ええけど、やっぱし相手の好きなもんを持っていくんが一番やろ」

「プリンがすげえ好きなわけ？　夏神さんの師匠って」

「大好物や。特に、モロゾフのプリンがな」

「そんでもやっぱ、地元で買えるんじゃないの？」

「なんぼ好きでも、年寄りにこのプリンは、持ち歩きが重うて大変やろ。せやし、持っていったるんや」

「なるほど。そういうことか。……夏神さん、師匠想いっつか、師匠のこと、よくわかってるんだね」

海里に感心したような視線を向けられて、夏神は照れたように片手で頭を掻《か》いた。昨夜と同様、長めの襟足を兎の尻尾《しっぽ》のように結んでいるのが、やけに可愛らしくもワイルドに見える。

「そらまあ、俺を助けてくれた命の恩人やし、そっから長いこと店に置いて、料理を仕込んでくれた師匠やしな」

「なんか、それだけ聞くと、夏神さんって、俺とそっくり同じだね」

「せやな。まあ、俺はコンビニ前でヤンキーにボコられるような、鈍くさい真似はしとらへんけど」

夏神と出会ったときの自分の醜態をサラリと表現されて、海里はたちまち膨れっ面になる。セーターの首に引っかけたセルロイド眼鏡、つまりロイドが小さな笑い声を上げたのを、「おい」と指先でつついて叱りつけ、海里は上目遣いに夏神を見た。

「そんじゃ、夏神さんはどんなシチュエーションで、師匠に助けられたのさ？」

「さあなあ」

だが夏神は、ニヤッと笑っただけではぐらかそうとした。海里は、悔しげに食い下がる。

「ずるい。ちゃんと教えろよ。師匠に助けられる前の夏神さんって、どんなことをやってたのさ？」

海里が本気で知りたいと願っていることを理解したのだろう。夏神は、しぶしぶ口を開いた。

「こんな場所で詳しゅう喋《しゃべ》ることでもあれへんけど、お前よりよっぽどたちの悪いことをしとった」

「たちの悪いこと？」

電車の走行音に紛らせて、夏神は低い声でボソリと打ち明ける。

「色んな仕事をしては、ケンカして辞めて、とうとう食い詰めて、ヤクザの三下のそのまた下で、使いっ走りみたいなことをやっとった」

「ヤクザの下請け？」

物騒な話に、海里の声も自然と低くなる。夏神は、車窓の外を流れ去っていく景色をぼんやり眺めながら、かっちりした顎《あご》を小さく上下させた。

「みかじめ料の回収やら、借金の取り立てやら、そんなチンケな仕事や」

「うわあ……。チンケな仕事っても、夏神さんのガタイじゃ、取り立てられるほうは怖かったと思うけど」

「せやから、雇われたんや。はした金やったけど、死なん程度には食えたしな」

どこか投げやりにそう言い、夏神は口を噤《つぐ》んだ。固く引き結んだ唇が、それ以上詳しく語るつもりはないと雄弁に告げている。

海里は少し躊躇《ためら》ったが、無理矢理聞き出した以上、何かリアクションしなくてはならないと思ったのだろう。小さな声でこう言った。

「なんか……俺が想像してた以上に、昔の夏神さんって荒《すさ》んでたんだね」

そう言われて、夏神はようやく海里の顔を見た。その鋭い目には、後悔と自己嫌悪の色が滲《にじ》んでいる。

「ホンマにな。ヤケになって、それでも自分では死なれへんかって、しょーもないことばっかしやっとった。人間のカスや。師匠はよう、あんときの俺を助ける気になってくれたもんや」

吐き捨てるように言って、夏神は再び窓の外へ視線を逸《そ》らしてしまう。

（「よく助けてくれたもんだ」ってのは、俺が夏神さんに言いたいことでもあるんだけどなあ。それに今の夏神さんはいい人なんだし、脱「カス」できてよかったじゃん。何で、そんなつらそうな顔すんのかな……）

夏神の表情からも言葉からも、海里の胸には、色々な疑問が湧き上がってくる。

だが、夏神がこれ以上の会話を望んでいない以上、今は黙っていたほうがいいのだろう。

そう判断して、ぐっと口から出かかった言葉を飲み込み、海里もまた、雪がちらつく窓の外に目を向けた。

ＪＲ大阪駅で環状線に乗り換え、鶴橋《つるはし》駅で降りて、今度は近鉄《きんてつ》電車に乗り込む。

二度の乗り換えを経て、二人は長瀬《ながせ》駅に降り立った。普通電車しか停まらない小さな駅だが、そのくせ、大規模な私立大学の最寄り駅であるらしく、日曜日にもかかわらず、大学生とおぼしき乗客がパラパラと同じ駅で降車した。

「ここって、駅は小さいけど、学生街なんだ？」

そんな海里の問いかけに、夏神は懐かしそうに駅舎を見回して答えた。

「せや、ちーとだけ改札のあたりが立派になっとるけど、おおむね変わらんなあ。十年一日っちゅう感じや」

「そうなんだ。なんか、のどかそうなところだね」

「まあな。大阪の、昔ながらの下町やな」

そんな話をしながら改札を出た夏神は、目の前の通りを指さした。

「あっちへずーっと行ったら、大学があんねん。商店街もある。せやけど、俺が世話になっとった店は、こっちや」

そう言うなり指さしたほうと反対方向にスタスタと歩き始めた夏神を、海里は慌てて追いかけた。

「ちょ、待って待って。ここで見失ったら、俺、確実に遭難する」

「そない大層な道行きやあれへん」

夏神は苦笑いで顎をしゃくる。踏切を渡ると、線路沿いに数軒の店舗が並ぶ通りが走っていた。

その道路に沿って、夏神は迷いなく歩いていく。

「あんな立派なタコヤキ屋、俺がおった頃にはなかったなあ。あったら通ってんけどな。旨《うま》そうや」

「確かに。ソースがジューッと焼ける匂いって、何であんなに旨そうなんだろな」

「ホンマやな。今度、うちの店も、何ぞメインでソースもんを出すか。トンカツ以外で」

「んー。お好み焼きとか、焼きそばとか？」

「確かに、粉もんをおかずに飯食うんは好きやけど、それをやってまうと、お客さんの栄養バランスが崩れてまうからな」

「ああ、確かに。んー、そんじゃ、とんぺい焼きとかどう？　こないだ、お好み焼き屋で食ったじゃん。豚ロースを焼いて、溶き卵でオムレツみたいに巻き上げて、ソースとカラシをかけて食う奴。あれなら、メインのおかずになりそう」

「おっ、それはなかなかええな」

そんな会話をするうち、たちまち店は尽き、二人はいかにも昔ながらの住宅街に足を踏み入れた。

昭和を煮染めたような古い木造アパートが並ぶ線路沿いの道を歩きながら、海里は少し不安げに夏神を見た。

「夏神さん、こんなとこに洋食屋なんてあんの？」

「これがあんねんなあ。偏屈な親父は、偏屈な場所に店を構えよるんや。ああ、ここで曲がるで」

やや太い、中央分離帯がある道路で右に折れ、数分歩いたところで、夏神は足を止めた。

「ここや」

「……ここ？　マジで？」

二人の目の前には、普通の一軒家があった。

いや、普通というのは少しばかり語弊があるかもしれない。周囲の住宅よりは少し大きい、和洋折衷のレトロな住宅だ。

日本風の塗り壁と、西洋風の瀟洒《しょうしゃ》な木製の扉や簡単なステンドグラスの窓、それに瓦《かわら》屋根が、何とも言えない絶妙なバランスで共存している。

門扉は大きく開け放たれ、木製の、どこか山小屋か教会風の重厚な扉の脇に、黒に近い褐色のプレートが掲げられている。そのプレートには、「洋食処《どころ》　へんこ亭」と味のある字体で彫りこまれていた。

海里は、その文字を読み上げ、唇をへの字にする。

「ん？『へんこ亭』……『へんこ』って何？」

「知らんか？　この辺の言葉で、偏屈のこっちゃ」

「へえ……。つか、変な名前」

「せやろ。せやけど、いきなり本人にそない言うたらアカンで」

笑いながら海里を窘《たしな》め、夏神は扉の真鍮《しんちゅう》製の取っ手に手を掛けた。そして、「準備中」の札がかかっているのには構わず、無造作に扉を開け、店の中に入っていってしまう。

「あ、夏神さん……」

いいのかと問おうとした海里の耳に飛び込んできたのは、ビクッと身体が震えるほど、迫力のあるだみ声だった。

『こらっ、留二！　おのれは何をしとんじゃ！』

「ひッ」

思わず扉の陰に身を隠し、海里は耳をそばだてる。

(え、ちょっと待って。留二って、夏神さんのことだよな? 待て待て、全然歓迎されてなくね? のっけから滅茶苦茶怒られてるじゃん)

『かなり、その……何と申しますか、剣呑《けんのん》でございますね』

眼鏡のまま、ロイドがヒソヒソ声で話しかけてくる。海里も、バクバクする心臓を宥《なだ》めるように、セーターの上から胸に手を当て、頷《うなず》いた。

「おう。夏神さんの師匠、マジ怖い。何だあの声。引退する必要なんか、全然ないんじゃねえの?」

『まことに。それはともかく、弟子としては、夏神様をお助けに行かねばなりますまいよ、海里様』

「俺が? 嘘だろ。ああいや、そうだよな。なんか知らないけど、とにかく一緒に謝っといたほうがいいよな」

そう言いながらも店に飛び込んでいく勇気はなく、海里は扉を細く開け、中の様子を窺《うかが》った。

薄暗い店内の左側にだけ、灯《あか》りがついている。浮かび上がっているのは、家の古さからは考えられないほどピカピカの厨房《ちゅうぼう》である。

客席と厨房を仕切るカウンターの内側に立っているのは、コック服とコック帽を身につけた、小柄だがガッチリした身体付きの高齢男性だ。

おそらく、彼が夏神の「師匠」なのだろう。顔は、カウンター越しに向き合う夏神の身体に隠れて、よく見えない。

海里に背中を向けて立つ夏神は、やけに情けない声で、「いや、せやけど」と抗弁しようとしていた。

だが、それを許さず、夏神の師匠は壁に掛けたフライパンが共鳴しそうな大声で、頭ごなしに弟子を怒鳴りつけた。

「料理人は坊主が基本やて、ワシは言うたやろうが！　何や、そのむさ苦しい長髪は。切れ、いますぐ切れ！　何やったら、ワシがゴリゴリ剃《そ》ったろか！」

「いやいや。ちょ、待ってくださいよ。これはしゃーないんですて」

「何がや！」

「俺が坊主やったら、怖すぎて、客が店に入ってけえへんのですよ。ガラッと引き戸を開けて、俺の顔見てビビってそのまま閉めてしまいはるんですわ。ほんで、ちょっとはマシにしようと思うて、伸ばし始めたんです」

「言い訳すんな、ドアホ！」

「すんません！」

（うわあ……あの夏神さんが、ほぼ無条件降伏だ。さすが師匠）

海里は扉にへばりついて息を殺し、師弟の会話を聞いていた。だが、頭の中で考えていただけのつもりが、「さすが師匠」だけ、声に出してしまっていたらしい。

夏神の師匠は、一歩横に移動し、海里をたちまち視界に捉《とら》えた。

夏神そっくり、いや、夏神より鋭いギョロ目が印象的な、ジャガイモを思わせる丸顔の老人である。頑固さを物語るように、両の口角はぐいと下がっている。

「どこのガキや！　見世物《みせもん》と違うぞ！」

「ひいっ、す、すいません！」

今度は自分が怒鳴りつけられ、反射的に店から逃げ出そうとする両足を必死で制止した海里は、勇気を振り絞り、店の中にどうにか一歩踏み入った。

大きな身体を可能な限り小さくして師匠の説教を聞いていた夏神は、何とも微妙な目配せをした。おそらく、挨拶《あいさつ》に来いということなのだろう。

海里は子供のように夏神に駆け寄り、老人に向かって深々と頭を下げた。

「は、は、はじめましてっ！　だ、大師匠の弟子の弟子ですッ」

「……は？」

動転して、要領を得ない自己紹介をしてしまった海里を、老人……船倉和夫は、あからさまに胡乱《うろん》げに見据えた。

頭を上げた海里は、全身をカチコチにして、何故か「すいません！」と重ねて謝ってしまう。

「何や、こいつは？」

船倉は、険しい面持ちのまま、視線だけを夏神に戻す。夏神も、直立不動で答えた。

「その……俺の弟子の、五十嵐海里っちゅう奴です」

「何ぃ!? お前が弟子をとった、やと？　百年早いわ、どアホ！」

（うわ、マジで言った）

夏神の予想ほぼそのままの台詞《せりふ》が飛び出したことに驚きつつ、自分のせいで、夏神がこれ以上の叱責《しっせき》を受けてはいたたまれない。海里は、震える声で船倉に話しかけた。

「あの、違うんです！」

「何や、弟子と違うんか！」

「いえ、弟子は弟子なんですけど、夏神さんが求人をかけたんじゃなくて、俺がそうなるように仕向けちゃったっていうか」

「ああ？　わかるように言わんかい」

「だ、だからですね。俺がボコられてるとこを、夏神さんが助けてくれて。俺、行き場所も仕事も何もなくて、だから夏神さんが、店に置いて、弟子にしてくれたんです！」

「…………」

そこで初めて、船倉は打てば響くように怒鳴りつけることはせず、海里の顔をまじまじと見た。

相手が少しは話を聞いてくれる態勢になったことに少しだけ安堵《あんど》しつつ、海里は咳《せ》き込むように言葉を重ねた。

「夏神さんは俺を助けてくれた人なんで、俺のことで夏神さんを怒るんなら、俺を怒ってください！　あと、夏神さんの髪型は、けっこう評判いいっす！」

一続きにそれだけ言うと、拳骨《げんこつ》を喰《く》らっても構わないという意思表示に、海里は船倉に向かってもう一度、頭を下げる。

だが、ガツンという衝撃は、いつまで待っても訪れなかった。

（……あれ？）

こわごわ顔を上げた海里の目に飛び込んできたのは、さっきまでとは違う船倉の表情だった。

憤怒《ふんぬ》の形相は消え去り、まだ怖くはあるものの、ずいぶんと穏やかな顔つきになっている。

（あ、ちょっとだけ口角上がった。眉間《みけん》の皺《しわ》も、ちょっとだけ浅くなった）

海里はホッとして、夏神の顔を見上げた。だが、夏神のほうは、職員室に呼び出された高校生のように、落ち着かない様子で視線を彷徨《さまよ》わせている。

「何や、留二と同じかいな」

船倉の口から出た声も、もはや怒鳴り声ではなかった。どうやら海里の存在が、船倉の気持ちを急速に和らげたらしい。

「そうです！」

海里が大きく頷くと、船倉は「さよか」と頷き、夏神の頭を太い人差し指で指した。

「お前のその頭は気に入らんけど、さよか、お前も人を助けるまでになったか、留二」

「や、人助けとか、そんな大それたことやないですよ」

「そこのガキは助けられた言うとるがな。のう？」

同意を求められて、海里はこくこくと玩具《おもちゃ》のように頷く。そこで船倉は、ようやく口元を痙攣《けいれん》させるようにして笑った。

「見てみい。何や、ワシが拾った頃のお前に比べたら、えらい迫力不足のひょろひょろしたガキやけど、そこそこ腹は据わっとるみたいやないか。誰やて？」

「い、五十嵐、海里です」

「かいり？　どないな字や？」

「えと、二百海里の、海里」

「海海しいやっちゃな」

「……その評価は生まれて初めていただきましたけど、ありがとうございます。死んだ父親が、船乗りだったもんで」

それを聞いて、船倉は七割がた白髪の眉《まゆ》をひそめた。

「親父さんは、亡くなりはったんか」

「俺が物凄《ものすご》くチビの頃ですけど」

「そうか。……ワシは、船倉和夫や。そこのチンピラ崩れを拾うて、二年も三年もかけて料理人に仕立てた物好きなジジイや。よろしゅうな、二百海里」

そう言って、船倉は今度こそ丸い顔全体を使って破顔した。笑ってもなおいかついのだが、どこか人好きのする笑顔である。

(二百海里とか呼ばれたの、小学校以来なんだけど……突っ込めねえよなあ。つか、何て呼べばいいのかな)

戸惑いながら、海里は「よろしくお願いします！」と三度《みたび》お辞儀をし、それから、恐る恐る呼びかけてみた。

「その……大師匠？」

すると、その呼び名がよほど可笑《おか》しかったのだろう。目を見張った船倉は、「アホか」と笑い出した。

「そないに大層な呼ばれ方したら、ケツがむず痒《がゆ》いわ。お前、留二のことは何て呼んどんねん」

「え……夏神さん、ですけど」

「ほな、ワシも船倉さんでええわ」

「だけど、夏神さんが、師匠って呼んでるのに」

「ジジイっちゅう生きもんはな、息子には厳しいけど、孫には甘いもんらしいで」

「……はあ」

戸惑う海里をよそに、船倉は、上半身を軽く反るようにして、夏神の顔を見上げた。

「来んでええて言うてんのに、ノコノコ来よってから」

「重ね重ね、すんません。引退するなんて言わはるから、ホンマは具合悪いん違うかと思うて、つい来てしもたんです。これ、しょーもないもんですけど」

夏神も、ようやくいつもの調子に戻り、敬語ではあるが砕けた調子でそう言いながら、持参のプリンをカウンター越しに差し出した。

「何言うとんねや、モロゾフはしょーもないもんと違うぞ。プリンの王様や」

相変わらずぶっきらぼうで叩《たた》きつけるような語り口ではあるが、船倉はどこか嬉《うれ》しそうにプリンを受け取ると、そそくさと冷蔵庫にしまい込んだ。本当に、大好物であるようだ。

「せやけど、お前が手土産持参で来るとはなあ。変われば変わるもんや」

「……あんまし、言わんといたってください。っちゅうか、俺はもっとしょっちゅう来たかったですけど、師匠が来んなて言いはったんやないですか」

「当たり前や。独立した弟子が、実家にちょいちょい戻ってきてどないすんねん。便りがないんがええ便りっちゅうやろが」

「それにしたって、寄せ付けてくれへんにも程がありましたって。何年ぶりやろ、ここに来たん」

「何年ぶりに来ても、ワシの店は何も変わらん。ただし、もうじき見納めやけどな」

どうやら相当に久々の再会らしいが、それでもテンポのいい会話をしながら、船倉はこう付け加えた。

「最近はな、土曜は丸ごと休み、日曜は予約が入ったら夜だけやっとんねん。衰えたやろ」

夏神は突っ立ったまま、ブンブンと首を横に振る。

「いやいや！　全然変わりはらへんですよ！」

「そうかぁ？　お前はえらい老けたけどなあ」

「うう……ホンマですか」

ガックリ肩を落とす夏神を面白そうに見やり、船倉は真っ白なエプロンを締め直しながらこう言った。

「まあ、せっかく来たんやし、孫弟子は初顔合わせやし、出血大サービスで何ぞ奢《おご》ったろ。そこ、座りや。何でも食いたいもん、作ったるで」

「マジですか！」

そう言われて、海里はまったく躊躇《ちゅうちょ》なく弾んだ声を上げ、目を輝かせた。

せっかくここまで来て、どうにか挨拶《あいさつ》を済ませることもできたので、余裕ができた海里の心には、夏神の師匠が作る料理に対する興味がムクムクと湧き上がっていたのである。

「おい、イガ。……ええんですか？　何ぞ支度中で忙しいんやないですか？」

「かめへん。今夜は、ビーフシチュー決め打ちの客なんやから、そない大変やない。ちんたら支度をしとったとこや」

「……ほな」

遠慮がちながらも、夏神もどこか嬉しそうに、カウンターのスツールに腰を下ろす。彼としても、久々に師匠の料理が食べたかったのだろう。

「やった！」

海里は夏神の隣に腰掛け、立派な表紙のついた、細長いメニューを開いた。

「うお！　渋い」

中を見るなり、海里の口から賛辞とも何ともつかない驚きの声が上がる。

それもそのはず、見開きになったメニューは、真っ白な厚紙に、昔懐かしい、和文タイプで印刷されていたのである。

しかも、メニューの表記も、実にクラシックだった。

ビーフシチュウ、タンシチュウ、ポークチョップ、ライスカレー、ハイシライス、ホタテ貝のコキール、シタビラメのムニエル……まさに、海里がテレビドラマでしか知らない、古き良き昭和の洋食屋メニューである。

「うわあ、どれ見ても異様に旨そう」

そんな海里の素直な反応に気をよくしたらしき船倉は、小さいがふっくらした手を揉《も》み合わせて言った。

「何でも旨いで。遠慮せんと言い。テキ焼いたろか？」

「テキ？」

「ビフテキや」

「うおお……その言い方する人も、リアルで初めて見た！」

ひたすら感動する海里に、夏神は苦笑いした。

「おい、舞い上がっとらんと、はよ決めぇ」

「えー、だって、こんなに全部旨そうだと、滅茶苦茶迷うじゃん。夏神さんは？」

「俺はお前と同じでええ」

「ずるいよ、それ。じゃあ、夏神さん的お勧めは？」

「せやなあ」

弟子だけあって、メニューは未《いま》だに諳《そら》んじているのだろう。夏神は海里の手元を覗《のぞ》くこともせず、数秒考えただけで答えた。

「やっぱし、オムレツライスやな」

「オムレツライス？　そんなの……あ、ホントだ。あった。つか、オムライスと何か違うの？」

不思議そうな海里に、夏神に代わって船倉がちょっと得意そうに答えた。

「オムライスは、ケチャップライスを薄い卵で包みよるやろ？　ワシのんは、オムレツライスや。つまり、ケチャップ味のチキンライスをこさえて、その横ちょにプレーンオムレツを置いた奴やな」

海里は不思議そうに、頰を指先でポリポリと掻《か》く。

「ん？　横っちょ、ですか？　ライスの上に置いて、ぱかっと開くんじゃなくて？」

「開いてしもたら、せっかく中にとじこめたトロトロの卵が空気に触れて、乾いてしまうやないか。勿体《もったい》ないやろ。それに、熱いライスの上に置いたら、食うてるうちに、ベストよりちょっと余計に火が入ってまうしな」

「……へええ」

最初の粗暴なイメージとはあまりにも違う几帳面《きちょうめん》な言い様に、海里は驚いて目をパチパチさせた。それと同時に、そんなに繊細に作り上げるオムレツライスが食べてみたくて仕方なくなってくる。

「俺、それが食べたいです！　オムレツライス！　超旨そう！」

「俺も、久々に師匠のオムレツ、食いたいです」

夏神も控えめにそう言ったが、何故か途端に、船倉の眉《まゆ》が曇った。彼は小さく頭《かぶり》を振りながら、こう言った。

「あー、すまんなあ。言うとうて何やけど、オムレツライスは今日はアカンのや。他のにしてくれへんか？」

「えっ、何でですか？」

「作られへんねん」

「まさか、卵品切れ!?」

「違《ちゃ》う違う。洋食屋が卵切らしてどないすんねや」

力なく笑って、船倉は右手のコック服の袖《そで》をめくり上げた。すると、手首に嵌《は》められたサポーターが露《あら》わになる。

夏神は、ハッとした顔で腰を浮かせた。

「師匠、それ、もしかして」

「コックの職業病や。腱鞘炎《けんしょう》が、年々酷《ひど》うなってな。思うようにフライパンを返されへんから、会心のオムレツが作れんようになってしもた。今日は、特に酷い」

「もしかして、それが引退の理由ですか？」

躊躇《ためら》いがちに夏神が問いかけると、船倉は曖昧《あいまい》に頷《うなず》く。

「まあ、それも一つや。俺も七十をとっくに過ぎたからな。足も腰もえらい。鍋《なべ》振るどころか、立っとるのに一生懸命な体たらくで、どないして料理に集中できんねんな。それを考えたら、辞め時やと思うたんや。……せや、ハイシライスも旨いで。ミニオムレツやったら何とか作れるよって、添えたるわ。それでええか？」

「はいっ！」

嫌だと言えるはずもなく、海里は背筋をピンと伸ばして返事をする。船倉は笑みを深くした。

「よっしゃ。留二もそれでええな？」

「はい。よろしゅうお願いします」

夏神は、神妙な顔で頭を下げた。立ったまま、ソワソワした様子で師匠の手元を覗き込む。

「あの、手伝いましょか」

「要らんわ。孫弟子に、腕前を披露したるんや。呼ぶまで邪魔すんな」

「えらいすんません！」

「……夏神さん、野球部の新入部員みたい」

店に来てから謝りっ放しの夏神が可笑《おか》しくて、海里はつい小さく笑ってしまう。そんな海里の頭を小突きながらも、夏神は船倉の作業をじっと見守っていた。

海里もまた、カウンターから身を乗り出すようにして、船倉の手元に視線を注いだ。

薄切りの牛肉に軽く塩胡椒《こしょう》をして炒《いた》めながら、目にも留まらぬ早さでタマネギとマッシュルームを刻み、牛肉に旨そうな焼き色がついたところでフライパンに加える。

腱鞘炎の右手を庇《かば》ってのことか、フライパンを両手で持って煽《あお》りながら、強火でシャッキリと炒め合わせていく。

タマネギがカラメライズしているとき特有の甘い香りが、海里の鼻をくすぐった。

船倉は思いきりよくコンロの火を操り、タマネギに含まれる糖が、カラメルにはなるが焦げ付きはしないギリギリのタイミングを見極めているのだ。まさに、熟練の技というしかない。

ベストのタイミングで、大きな寸胴《ずんどう》鍋からデミグラスソースをレードルで気前よく注ぎ入れ、ほんの少しのケチャップで甘みを調整しながら、船倉は夏神をジロリと見た。

「何をぼーっとしとるねん。塗り壁か。はよ、ライスを盛らんかい」

「……呼ぶまで邪魔すんなて言うたやないですか」

さすがに不満げに言い返しつつも、夏神はいそいそとカウンターの中に入り、手を洗うと、二枚の皿に炊飯器のご飯を盛りつけた。

「昔は、バターライスでこさえとったんやけどな、今は白飯のほうがしっくり来よるねん。健康志向っちゅうやつや。その代わり……」

そんなことを言いながら、船倉はコンロの火を止め、それからバターを一かけ、ぽとりとフライパンに落とした。

木べらでゆっくりと掻き回しながら、バターを溶かしこんでいく。

海里は不思議そうに質問した。

「火、止めてからバターですか？」

「せや。でないと、バターに火が入りすぎて、嫌な臭いが出てまうからな。ええか、そういう小さいことに気ぃ使うんが『金を取れる料理』の作り方やで」

「なるほど。ありがとうございます」

ごく自然に感謝の言葉を口にして、海里は小さく溜《た》め息をついた。

夏神は十分過ぎるほど料理上手だが、やはり、その師匠の手際は、衰えたと本人が言っていても、目を見張るような鮮やかさだった。

白いご飯と眩《まぶ》しいようなコントラストを見せるデミグラスソースは、えんじ色と褐色を混ぜ合わせたような深い色合いで、仕上げのバターのおかげかとても艶《つや》やかだ。

歯ごたえを失っていないタマネギとマッシュルーム、それに柔らかそうな牛肉が、ソースの中から顔を覗かせ、その上には、色よく茹《ゆ》で上げられたグリーンピースが散らされる。

さらに小さなフライパンを火にかけ、サラダ油とバターを半々で溶かした船倉は、目にも留まらぬ早さで極小のオムレツを巻き上げ、デミグラスソースの上にそっと浮かべるように載せてくれた。

どうやらそれは、海里だけのための特別サービスであるらしい。オムレツライスの話で期待させたことに対する、船倉なりの詫《わ》びの気持ちなのだろう。

「ほい、お待たせ」

カウンター越しに差し出された皿を、海里は両手で宝物のように受け取った。

金の縁取りは、長年使い込まれて剝《は》げかけているが、それもまた、老舗《しにせ》の味わいである。

夏神も、自分の皿を手に、海里の隣席に戻ってきた。

「いただきますっ！」

本当はしばらく眺めていたいところだが、料理は出されたらすぐ食べるのが掟《おきて》だと、夏神にいつもうるさいほど言われている。

海里はスプーンを手にすると、いかにも惜しそうに、見事な木の葉型に焼き上げた黄色いオムレツの端っこを崩した。

流れ出さないギリギリの軟らかさに火を通した、シフォンを幾重にも重ねたようなふんわりした卵の断面に、ゴクリと喉《のど》が鳴る。

ご飯とソースとオムレツを同時に掬《すく》い、頬張った海里は、咀嚼《そしやく》する前に思わず声を上げていた。

「うめえ!」

硬くはないが、ソースと合わせてもべちゃっとしないよう計算して炊き上げられたご飯、サラリとしているが滋味深いソース、そしてそれぞれの歯ごたえが面白い具材、さらにはトロトロのオムレツが、口の中で完璧《かんぺき》に混ざり合い、「旨い」という表現しか、海里にはできなくなってしまう。

夢中で二口、三口と食べ進む海里を目を細めて見守り、船倉は夏神にも訊《たず》ねた。

「どないや? 腕、鈍っとるか?」

「ちっとも。旨いです。俺にはまだまだ、この火入れの見極めができへん」

「そらそうや。師匠に追いつこうなんぞ、百年早いで」

腕組みして胸を反らし、船倉は次に海里の顔を覗《のぞ》き込んだ。

「どや、二百海里君。旨いやろ」

「旨いです。ハヤシライスって、こんな食い物だったなんて、俺、知らなかった。濃いシチューを飯に掛けたもん、くらいに思ってました。全然違う。どっちかっていうと、炒め物だったんですね」

その反応は、船倉にとっては満足できるものであったらしい。彼は頷き、「えらい出来のええ弟子やないか。お前と違《ちご》うて」と夏神に向かって言い放った。

だが、それは弟子に対する愛情溢《あふ》れる悪態だと、出会ったばかりでも、海里にはちゃんと理解できた。

夏神も笑顔で頷き、「えらいすんません」とへたれた笑みを浮かべる。

「でも、こんなに旨いのに、引退しちゃうんですか？　店、閉めちゃうの勿体《もったい》ないですよ。せめて、週末だけでもやるとか……そういうのは？」

思わずそう口走った海里に、「おおきにな」と礼を言ってから、船倉はよいしょとスツールを引っ張り出し、腰を下ろした。

「そう言うてくれるんはありがたいけど、さっきも言うたとおり、身体がえらい。それに、この家の大家が、こないだ死んでな」

「……はあ」

思わぬ話の流れに、海里はスプーンを持ったまま動きを止めた。夏神も、昨日の電話でそれは聞いていなかったのだろう。驚いた様子で船倉に問いかけた。

「あの、角のたばこ屋の爺《じい》さんが？」

船倉は頷いた。

「せや。九十三の大往生や。葬式も盛大にやってもろて、思い残すことはなかったやろ。

ほんで、この家を子供らで相続するときにな、土地を割ったら小そうなりすぎるから、ここを売って、金で分けることになったらしいわ」

「……それで、立ち退《の》きを？」

夏神は、どこかしょんぼりした顔つきになる。船倉も、寂しそうに頷《うなず》いた。

「長男が、すまんけど……って言いに来よった。悪気があってのことやない。しゃーないわ。せやからな、店と一緒に引退や。いちばんええ潮時やろ」

「せやけど、心残りはホンマにあれへんのですか？」

弟子にそう問われて、船倉は首を傾げた。

「心残りっちゅうんやないけど、まあ、常連さんたち皆にお礼を言うて店じまいしたいからな。二月の末までは、商売さしてもらうことにしたんや。二月になったら、閉店のお知らせを出して、来てくれた常連さんに、ちゃんと最後の一皿を振る舞って、これまでのお礼を言うて、ほんでしまいにするわ」

船倉の言葉には、少しの迷いもなかった。

きっと、立ち退きを打診された後、考えに考えて決めた結論なのだろう。

何を言っても決意は変わるまいと、夏神も悟ったらしい。悲しそうにしながらも、師匠に問いかけた。

「あの……また怒られるかもしれへんですけど」

「何や？　怒るかもしれへんけど、言うてみ」

促されて、夏神は躊躇《ためら》いがちにこう切り出した。

「その、最後の日ぃだけ、出戻らして貰《もら》われへんですか？　俺、一日だけ店休みにして、ここに来て、弟子として師匠と一緒に働いて、ほんで、最後のお客さんを一緒に見送りたいです。許して貰われへんですか？」

「……難儀なやっちゃな」

呆《あき》れたようにそう言いながらも、船倉の仁王像を思わせる大きな目には、うっすら涙が滲《にじ》んでくる。物言いのわりに、大層な感激屋でもあるようだ。

「ほな、最終日だけやで」

「ありがとうございますっ」

夏神は再び立ち上がり、カウンターに額を打ち付けそうなほど深く頭を下げる。

海里もスプーンを置いて大急ぎで夏神の隣に立ち、同じくらいの深さでお辞儀をした。

「あの！　よかったら俺も！　俺にも手伝わせてください！」

それに続けて、『わたしも……』と眼鏡であることを忘れて申し出ようとしたロイドを片手で黙らせてから、海里はゆっくりと頭を上げる。

どっしりと座ったままの船倉は、いかにも嫌そうに、「弟子が弟子なら、孫弟子も孫弟子や。ワシの記念すべき最終日に、揃って邪魔しに来よる」とぼやき、そのくせ、コック服の袖《そで》でゴシゴシと目元を擦《こす》ったのだった。

やがて二人が食事を終える頃、船倉は不意にこう言った。

「留二。お前ちょっと、大学通りの成田屋《なりた》で饅頭買《まんじゅうこ》うてこい」

夏神は、軽く驚いた顔で師匠を見る。

「饅頭ですか？　食べはるんですか？」

「お前らのデザートと、ワシのおやつや。三つ買うてこい。金は後払いでええやろ。早《は》よう行け」

「……はあ」

「あの、いちばん下っ端は俺なんで、俺が行きますよ」

海里はそう言って席を立とうとしたが、何故か船倉は、キッパリとそれを却下した。

「アカン。孫には甘いて言うたやろ。留二、つべこべ言わんと、はよ行ってこい」

「はあ」

相変わらず鈍い返事をして、それでも師匠には従順な夏神は、ジャンパーを着込み、ポケットに財布を突っ込んで店を出て行く。

船倉と急に二人きり……ロイドがいるとはいえ、一応、人間としては二人きりにされて、海里は急に居心地の悪さと緊張を覚え、モジモジする。

船倉はスツールに掛けたまま、腕組みして、そんな海里の顔をじっと見上げた。

「なあ、おい、二百海里君よ」

「は、はいっ！」

海里はこれ以上ないほど姿勢を正して、小学生のような返事をする。船倉はそんな孫弟子の緊張ぶりに、呆れ顔で片手を振った。

「何も、留二がおらんとこで、お前をしばこうと思うとるわけやない。ただ、あいつがおったら喋《しゃべ》りにくいと思うてな。ちーと追い払った」

「は、はい」

船倉は、嘘を許さない鋭い視線を海里にひたと据えたまま、こう問いかけてきた。

「お前、住み込みか？　それとも通いか？」

「住み込みです！　店の二階に、部屋貰ってます」

「そんなとこも、留二と同じじゃか」

「あ……。じゃあ、夏神さんも、昔はここに？」

船倉は、懐かしげに頷き、天井を指さした。

「ワシがこの上で寝起きしとるからな。物置片付けて、留二の部屋にしとった」

「うわ、マジでそんなとこまで俺と一緒ですよ。俺も、元物置に暮らしてます。西日は差すけど、芦屋川が見えて、超いい部屋です」

「ホンマか。因果は巡る、やなあ」

船倉は小さく笑ってから、ふと表情を引き締める。

「お前、留二の昔のこと、ちょっとくらいは聞いとるか？」

ズバリと問われて、海里は困惑しつつも正直に頷く。

「少し。その、彼女さんや友達を山で亡くして、そっから荒れて……そんで大師匠、じゃねえ、船倉さんに助けてもらったって話は聞きました。ついさっき、ヤクザの三下のそのまた下っ端をやってたとか、そんな話も」

「まあ、おおむね聞いとるんか。お前、留二に信頼されとるな。ホンマの弟子や」

「そう……ですかね。だったらいいんですけど」

自信なげに海里は言った。

海里にとっては、むしろ夏神は秘密主義で、まだ全面的に自分を信頼してくれてはいないと常々感じていたので、船倉の言葉が意外だったのである。

だが船倉は、自信ありげに言い切った。

「そんだけ喋ったんや、あいつにしては、十分に信頼しよる証拠やで。……この店に来て、山での遭難話をワシに打ち明けたんは、なんと二年目や」

「マジすか！」

「マジや。な、お前は信頼されとるやろ。ま、自分と境遇が似とるから、余計に心が添うんやろけどな」

「心が……添《お》う」

「せや。好き合うとっても、長いこと付き合うても、どないしても添わん心もある。その一方で、出会い頭にいきなり添うてしまう心もある。お前と留二の心は、よっぽどよう添うたんやろ。ええこっちゃ」

そう言うと、船倉はよっこいしょと大儀そうに立ち上がり、カウンターに歩み寄った。ごく近くで、海里の顔を目に焼き付けるように見つめながら、船倉はこう言った。

「そんだけ知っとったら、ワシから言うことは何もないな。留二はなりはでかいけど、気ぃの優しい、ほんでちょっと打たれ弱いやっちゃ。独り立ちして大丈夫やろかとずっと心のどっかで気にしとったけど、お前みたいな弟子がおったら安心や。あんじょう頼むで」

突然そんなことを出会ったばかりの船倉に言われて、海里は焦って両手をぶんぶん振り交わした。

「いやいやいや！　俺、料理はマジで素人ですし、打たれ弱いって言われた夏神さんより、遥《はる》かに打たれ弱いんです！　頼むとか言われたって、無理っすよ」

「そやろかなあ」

ニヤニヤ笑いながら、船倉はカウンター越しに海里の額をちょいと突いた。触れられただけで、頭が軽く後ろへ動くほど力強い指先である。

「ワシが見たとこ、二百海里君には、留二にはない強さがあるように思うけどな」

「マジですか？」

にわかには信じられず、海里は疑り深そうに船倉を見返した。だが、船倉はやはり、自信たっぷりに頷《うなず》く。

「これでも、客商売を五十年以上やっとるから、人を見る目はあるほうなんやで。お前は、人が好きやろ。人にぶつかっていくことが、怖ぁないやろ」

「や、人に会うのは好きですけど、ぶつかるのは……怖いっすよ？」

「それでも、ぶつからなアカンときには、ぶつかるやろ」

海里は少し考えてから、ゆっくりと頷いた。

「それは……はい。あの、俺、ちょっと前まで舞台役者やってたんです」

「ほう、さよか」

「そんときに、同じ舞台に立つ仲間たちと心からわかり合おう、チームになろうと思ったら、本音でぶつからないと必ずどっかで爆発するって勉強しました。だから、嫌だけど、ぶつかったほうがいいと思ったときは、全力で行きます」

「見てみい。それが、お前の強さや。留二には、それがあれへん。あいつは、ワシに拾われる前から……たぶん、山で仲間を亡くしたときから、人が怖《こお》うて怖うてしゃーないねん。それを必死で克服して、ようやく今のあいつになったんや。それでも、ホンマに人とわかり合うために、真正面からぶつかることをまだようせんのやろ。目を見たらわかる」

「あ……」

海里は、溜《た》め息のような掠《かす》れた声を漏らし、黙り込んだ。

確かに、夏神には、海里と意見が衝突しそうなとき、いち早く決定権を譲ったり、話題を変えてしまったりする一面がある。

小競り合いくらいなら平気でするが、決定的に意見が分かれる、あるいは雰囲気が悪くなるような言い合いは、全力で避ける傾向があることに、海里はうすうす気付いていた。

それを、今の船倉の話で、確信したのである。

「な。せやろ？」

「……確かに」

鈍く頷いた海里に、船倉は「なかなか、一朝一夕に人は成長せんのう」と嘆いて、再びスツールに腰掛けた。

「夏神さん、優しいから」

何とかそれだけ言った海里に、船倉は唸《うな》りながら言葉を返す。

「優しいんと逃げ腰なんは、また別もんや。あいつもいつかは、ホンマの勇気を出さんとアカンときが来ると思うねんけどな。……まあ、それがいつで、相手が誰かはわからん。お前かどうかもわからんけど、近くにおるお前が、何とはなしに気ぃつけたってくれや」

「気をつけるって、具体的にどうすれば……」

「そら、ワシにもわからん。けど、お前は留二が好きやろ？　大事な師匠やと思うてくれとるんやろ？」

「それは、勿論《もちろん》」

まったく躊躇《ちゅうちょ》なく、海里は頷く。船倉も、嬉《うれ》しそうに頷き返した。

「せやったら、それだけでええ。近くにおって、大事に思うたってくれ。それが、何よりあいつには助けになるやろ」

それでもまだ不安そうに、海里は言葉を継ごうとする。だが、それより僅《わず》かに早く店の扉が開き、饅頭《まんじゅう》を入れた袋を下げた夏神が戻ってきた。

「おう、遅いやないか」

「全速力で歩いていきましたて」

「走らんかい、ボケ」

たちまち、師弟はまた減らず口の応酬を始める。

(夏神さんの、この店に来た頃のこと、もっと聞きたかったな……)

少し残念に思いながらも、海里は「詮索《せんさく》はいけない」と自分自身に言い聞かせ、そんな気持ちをそっと胸の奥にしまい込んだ。

それから一時間ほどの後、船倉の店を辞して長瀬駅まで歩きながら、夏神は店にいたときよりあからさまに寂しそうにぽつりと言った。

「ホンマは、もっとやれるでしょうって言いたかったんやけど、確かに師匠、身体がきつそうやったな」

海里も、気の毒そうに相づちを打つ。

「隙あらば座ってたもんな。あれ、相当しんどいんだね。最終日、手伝わせてもらえることになってよかった。きっと、常連さん、たくさん来るだろ？」

「そうやな。師匠は、この辺では知らん者のない、ヘンコな名物コックやからな。賑《にぎ》やかな最終日になったらええなあ」

心からそう願う夏神の横顔は、早くも傾き掛けた太陽に、眩《まぶ》しく照らされている。

「そうだな。俺も、接客はそれなりにできると思うから、一生懸命手伝うよ」

海里がそう言うと、逆光でニカッと笑った夏神は、海里の頭をポンと叩《たた》いた。

「頼りにしてるで」

『あの、でしたらわたしも……』

懲りずにロイドも自己主張したが、さっきの海里と同じく、夏神も困り顔でそれを制止した。

「気持ちだけもろとくわ。最終日に、謎の外人さんが手伝いに来たら、それこそ師匠もお客さんも混乱するやろ。せやけど、ありがとうな」

『さようでございますか。では、まことに残念ではございますが、眼鏡の姿で、お二方と共に、船倉様の最後の勇姿を見届けさせていただくことに致しましょう』

いかにも残念そうにそう言い、ロイドは眼鏡の姿のまま、そこはかとなく「シュン」とした雰囲気を醸《かも》し出す。

「器用な奴だな、ったく。……あのさあ、夏神さん」

眩しそうに目を細めながら、海里は夏神の顔を見上げる。

「何や？」

「今日、来られてよかった。夏神さんのルーツの一つ、見られてよかったし、船倉さんに会えてよかった。連れてきてくれて、ありがとな」

素直な感謝の気持ちを言葉にする海里に、夏神は照れ臭そうに鼻の下を擦《こす》った。

そして、「ありがとうはこっちの台詞《せりふ》やで。あんな楽しそうな師匠の顔、俺だけやったら見られへんかった。やっぱし、弟子でも孫は格別やねんな」と言って、嬉しげに笑った。


それから五日後の昼下がり……。

「はー、つらい。夏神さん、この作業、ひたすらつらい」

そんな海里の弱音に、夏神は太い眉《まゆ》を左だけヒョイと上げた。

「はあ？　何がつらいねん。黙々と刻んだらええだけやろが」

「それがつらい！　何だよ、この終わりなき単純作業」

「アホか。さくさくやっとったら、そのうち終わるっちゅうねん。終わらんかったら、今日は店開けられへんやないか」

「うう……デリカシーないわ……つらいわ……」

情けない声でそう言い、海里は愛用のペティナイフを置いた。そして、いかにも大儀そうに、右腕をぶんぶんと振り回してみせる。

まな板の上には、西洋人参よりずっと赤みが濃い金時人参が、刻みかけの状態で放り出されている。

傍らのボウルには、既に海里の手によって、五ミリ角ほどに細かく刻まれた人参が入っていた。

その横のボウル内では、湯通しした後、やはり同じくらいの大きさに刻まれた蒟蒻《こんにゃく》が、灰色の山を築いている。

夏神は、いったん湯通しして脂っ気を抜いた油揚げを、同様の大きさにせっせと刻む手を止めず、苦笑いで言った。

「デリカシーがのうて、悪かったな。せやけどお前、ミュージカルの舞台では、もっとつらい試練を乗り越えてきたんやろが。このくらい、屁《へ》ぇみたいなもんやろ」

「それとこれとは別だよ。俺、こういう単純作業、イイイイッてなるんだよな」

「まだまだ人間が出来とらんな。こういうときは、無心になってやるんや。無我の境地て言うやろが」

「思考停止するの間違いじゃねえの？　俺、ほら、夏神さんと違ってクリエイティブだからさあ」

そんな憎まれ口を叩きながらも、海里は再びペティナイフを取り上げ、作業を再開する。

「クリエイティブな作業やないか。俺らが具を刻んで、研いだ米と合わせて炊飯器に放り込んだら、旨いかやくご飯が炊きあがるっちゅう寸法や。創造的やろが」

「んー、そういうクリエイティブじゃねえんだけど……つか、何で五ミリ角？　もうちょっと大きくてもよくね？」

そんな海里の基本的すぎる発言に、夏神は常識を語る口調で即答した。

「ええわけあるかい。具は米粒と同じ大きさにせなあかん」

「米粒と同じ大きさ？」

「おや、本当でございますね」

土付き牛蒡《ごぼう》をシンクでゴシゴシと洗っていたロイドが、洗ってざるに上げた米と海里が刻んだ金時人参を見比べ、ふむふむと納得の声を上げる。

海里も「ふうん」と言いつつ、再び手を止めて問いを重ねた。

「なるほど。けど、何で米粒と同じ大きさにすんの？　ガツッとでっかく存在感のある具のほうが、食べ応《ごた》えがあってよくね？」

「まあ、それもええねんけど」

夏神は、口の減らない弟子を面倒臭そうにジロリと見つつも、別に怒りはせずに説明した。

「そういうんは、その気になったら家でも作れるやろ」

「ああ、うん、まあ」

「俺らは商売やからな。ご飯粒と具が完璧《かんぺき》に調和して、それでも噛《か》んどるうちに、じわーっとそれぞれの具から味が出てくる。そういうかやくご飯は、手ぇかかりすぎて家では作られへん。店ならではの味や」

「なるほどなー。言われてみれば。こういうのが、こないだ船倉さんが言ってた『金を取れる料理』って奴？」

「そういうこっちゃ」

夏神はニッと笑って、不器用なウインクを見せる。

「なるほどなあ。やっぱ、知恵と努力と根性か」

しみじみとそう言って、海里は人参を刻む作業をまた始める。

そんな海里に何か言おうとした夏神は、エプロンのポケットの中から、着信音を発したスマートホンを取り出した。

「誰やろ」

「また師匠から？」

「いや、違う……は？　布施《ふせ》署？」

夏神は、液晶画面を見て眉をひそめる。海里とロイドも、顔を見合わせた。

「ふせ……署って、どこ？　警察だよね？」

「師匠の家があるあたりが管轄や。前に『へんこ亭』に泥棒が入ったとき、世話になったことがある」

早口にそう言うと、夏神はさっと顔を引き締め、通話ボタンを押して、スマートホンを耳に押し当てる。

「もしもし？」

海里とロイドも耳をそばだてたが、さすがにスマートホンからの音漏れを拾うことはできない。だが、夏神の顔からみるみる血の気が引いていくのはわかる。

短いやり取りの末、通話を終えた夏神に、海里は心配そうに問いかけた。

「何？　警察ってことは、もしかして、また船倉さんの店に泥棒が入った!?」

「いや」

乾いた声で短くそれを否定し、夏神は血の気の失《う》せた顔で、海里をゆっくりと見た。

そのカッと見開いた目が、みるみる血走っていく。

海里は、動揺して上擦った声で呼びかけた。

「ちょ……夏神さん!?」

「死んだ」

「えっ？」

夏神は、掠《かす》れ声で独り言のように呟《つぶや》く。

「師匠が、道で倒れて、死なはった。通行人が見つけて警察に通報して、警察が、師匠のケータイを見て、直近の電話先が俺やったからって連絡してくれはったんや。……イガ、済まんけど今日……」

夏神に皆まで言わせず、海里はきっぱりと言った。

「今日は臨時休業。当たり前だろ！　すぐ、船倉さんに会いに行こう！　俺もロイドも一緒に行くから！」

「……おう」

半ば放心したように立ち尽くす夏神の太い二の腕を叩《たた》いて、「しっかりしろよ！」と叱りつけてから、海里は凄《すさ》まじい勢いで、食材を入れたボウルにラップフィルムを掛け始めた……。

三章　幕を引く手

事務用の大きなスチール机が二つと、それを囲むようにパイプ椅子が並んでいるだけの、狭いくせにガランとした部屋。

窓は磨《す》りガラスで、外の闇が真っ黒に透けてみえている。

ギリギリ夕方といっていい刻限なのだが、真冬の日暮れはまだまだ早い。

エアコンは入っているものの、空気の循環が上手《うま》くいっていないのか、顔面のあたりはのぼせるほど暖かく、足元は指先が痺《しび》れるほど寒い。

ここは、とある医科大学法医学教室の、遺族待合室である。

警察署からの電話で、船倉の突然の死を告げられた夏神は、海里が愕然《がくぜん》とするほど激しく動転してしまった。

通話の相手は、あれこれと事務的なことを伝えてくれていたはずなのだが、夏神がろくすっぽ覚えていなくて、海里が着信履歴を追って掛け直し、現状を把握しなくてはならないほどだった。

船倉は今朝、自宅兼店舗近くの細い路地の片隅で、倒れていたそうだ。

手にコンビニエンスストアの袋を持ったままだったこともあり、通勤通学で通り掛かる人たちは皆、酔っ払いが道で寝ていると思い込んで、誰も注意を払わなかったそうだ。

結局、昼過ぎになって、散歩中の近所の人が、それが船倉であることに気づき、警察に通報してくれたらしい。

船倉は、発見時、既にすっかり冷たくなっており、警察は、死後、それなりに時間が経過していると判断した。

つまり船倉の死因は不明で、かかりつけの医者もおらず、誰も死亡診断書を書くことができない状態である。

しかも、犯罪の関与も完全否定できないという理由から、彼の遺体は所轄の布施警察署経由で法医学教室に運ばれ、今、司法解剖が行われている最中というわけだ。

待合室に、他の人間の姿はない。

夏神と海里だけが、殺風景な室内で蛍光灯の白々した光に照らされながら、硬いパイプ椅子に腰掛け、司法解剖が終わるのをひたすら待っている。

家を出る前には人間の姿だったロイドは、さすがに今は眼鏡の状態で、海里のシャツの胸ポケットに収まっていた。

夏神は、海里が今まで見たことがないほど「普通ではない」状態だった。

船倉の死を告げられて以来、彼は一切の表情をなくし、ただでくの坊のように突っ立っているだけだ。

ここに来られたのも、事態を把握した海里がとにかく財布を有り金で一杯にして、夏神の腕を引き、どうにか最寄りの阪神芦屋駅まで引きずって行って、駅前で客待ち中のタクシーに乗り込むことに成功したからだ。

いったい乗車料金がいくらになるだろうという恐怖はあったが、そんな状態の夏神を連れて電車に乗るのは、もっと怖い。

ある程度、手元に現金を持っておくことは大事だと痛感しながら、海里はガンガン上がっていく料金メーターと、能面のような夏神の顔を延々眺めて車中での長い時間を過ごした。

そして今、海里には、夏神の顔しか見るものがない。

(本でも持って来りゃよかったかな。ここ、新聞も雑誌も何も置いてねえのな。……まあ、あったって読むような気分じゃねえか。夏神さんも、ああだし)

手持ち無沙汰《ぶさた》にデスクの天板を指先で叩きながら、海里は嘆息した。

『我が主《あるじ》。待つしかないのですし、座ったままではありますが、少しお休みになっては。何かありましたら、わたしがお起こししますよ』

ポケットから聞こえるロイドの囁《ささや》き声に、海里は「ありがとな。けど、色々気になって眠れねえだろ」と応じた。

気にかかるのは、船倉の解剖の結果、そしてやはり、夏神のことだ。

海里が店に来て以来、夏神はいつも押しつけがましくはなく、けれど当たり前のような顔をして、海里の「保護者」でいてくれた。

そんな彼を頼りにしていた自分が、今は、まるで小さな子供を連れているように、一から十まで夏神の面倒を見なくてはならない。今の夏神では、それこそ誰かに突然襲撃されたら、なすすべもなく一撃で殺されてしまうだろう。

うっかりそんな想像をして、余計に酷《ひど》い不安に襲われつつ、海里は胸ポケットから何くれとなく言葉をかけてくれるロイドのおかげで、どうにか長い待ち時間をやり過ごしているのだった。

「夏神さん、何か飲む？」

ここに来て既に二時間以上が経過し、この質問も既に五度目だ。だが、夏神は虚《うつ》ろな目をして、大きな背中を丸めて座り続けているだけで、一言も発しない。

「大事な師匠だったんだもんな。こないだ会ったばっかりだし、確かにしんどそうだったけど基本的に元気だったから……。急に亡くなったなんて聞いて、ビックリしたし、ショックだよな」

室内の重苦しい空気に耐えかねて、海里は思わず夏神に話しかけた。

『そうですとも。ですが、夏神様。どうぞお気を確かに』

ロイドも、幾度めかの同じ台詞《せりふ》を口にする。いつも饒舌《じょうぜつ》でウィットの利いた話が得意な付喪神《つくもがみ》も、こういうときには、上手い言葉が出てこないらしい。

だが夏神は、リノリウムの淡い灰色の床に視線を据えたまま微動だにしないし、言葉も発しない。

まるで、感情をすべて、身体の内側に閉じこめてしまったようだった。

（確かに船倉さん、個性豊かで……なんて言うか、愛すべき人だったもんな）

海里も、先日初めて会ったとき、船倉という人物に大きな魅力を感じた。

ほんの短い時間ではあったが、二人で話して、彼が温かい人柄で、夏神に深い愛情を持っていることも感じ取れた。

だからこそ、海里の胸の中にも、船倉の死を悼み、悲しむ気持ちは激しく渦巻いている。だが、夏神の受けた衝撃や悲しみは、その百倍、千倍どころではないはずだ。

「やっぱ、せめて何か飲んだほうがいいよ。温かくて、甘くて、美味《おい》しくて、身体にジワジワ染み込むような奴。俺、自販機探して買って来るわ」

答えがないことはわかっていながら、そう言って、海里は立ち上がった。

だが、扉に歩み寄ろうとしたそのとき、乾いたノックの音が聞こえる。

「わっ」

海里は思わず一歩後ずさり、夏神もゆるゆると顔を上げた。

「やっと来た！」

入ってきた人物の顔を見て、海里は心底ホッとした表情になった。力が入っていた肩が、すうっと下がる。

夏神は意表を突かれたのか、ぼんやりした表情のままで固まっている。

部屋に入ってきたのは、仕事帰りとおぼしきスーツ姿の海里の兄、一憲と、その妻の奈津、それに一憲の高校時代の親友で、今は芦屋署の生活安全課勤務の刑事、仁木涼彦《にきすずひこ》だったのである。

「なんで、皆さんが、ここに……？」

夏神は、譫言《うわごと》のようにボソボソと問いかける。その目には、いつもの夏神ほどではないにせよ、確かな意思の光があった。

大きな驚きが、彼にようやく正気を取り戻させたらしい。

「喋《しゃべ》った！」

いつもの夏神なら何でもないような一言だが、海里は思わず歓声を上げた。だが彼は、すぐに神妙な面持ちで夏神に説明した。

「勝手なことしてゴメンな。けど、夏神さんはショックを受けちゃってるし、俺は世間知らずだから、こういうとき、どういう手続きをして、どんな風にことを運べばいいのか全然わかんねえだろ。だから、常識の塊みたいなオッサンに相談したんだ」

「褒められているのか貶《けな》されているのかわからんが、とにかく、こういうときはお互い様だからな」

弟に渋い顔でそう言い置いて、一憲は夏神の前に立ち、慇懃《いんぎん》だが思いのこもった挨拶《あいさつ》をした。

「海里から、話を聞きました。このたびはご愁傷様でした」

奈津も一憲の斜め後ろでお辞儀をしたが、涼彦は扉の傍に立ち、目礼しただけだった。こういう辛気くさい場所は苦手なのか、あるいは刑事の仕事を思い出して嫌なのか、何となく居心地の悪そうな顰《しか》めっ面をしている。

「ど……どうも、すんません。俺……今、何がなんやら」

まだ大いに混乱したまま、それでも夏神は、のろのろと立ち上がって挨拶を返そうとする。それを、優しく肩を押さえて制し、一憲はいかにも公認会計士らしいハキハキした口調で言った。

「急なことで、動揺なさるのは当然です。無理をなさらず。いつも、弟がお世話になるばかりで、お礼の一つもできずにいましたから、兄として少しはお手伝いをさせてください」

「……あ、はあ」

夏神は、やはり曖昧《あいまい》に頷《うなず》く。一憲は、夏神の鈍い反応に苛立《いらだ》つことなく、平易な言葉を選んで、夏神が知っておくべきことを説明し始めた。

「スズに聞いたところでは、解剖の結果、事件性がなく、病死と判明すれば、死体検案書が交付されます。死亡診断書の代わりになる書類ですね。それがあれば、お弔い自体はスムーズにできるそうです」

「……はい」

夏神は、まだシャッキリしない頭を何とか働かせようとするように、平手で軽く自分の頰を叩《たた》きながら、一憲の話を聞いている。

「そして、故人に身寄りがない以上、長らく住み込みで店員をしていて、多くの方が故人の弟子だとご存じの夏神さんが、遺体の引き取り手になるのは、もっとも適当かと思います。役所の方も、そう判断なさるでしょう」

子供に嚙《か》んで含めるように丁寧かつゆっくりしたペースで話しながら、一憲はチラと海里を見た。

「そこで必要となるのは、あなたの身元を保証する人間です。それには海里ではやや不足でしょう。ですから、俺と、そこにいる仁木が、引き受けさせていただこうと思います。夏神さんがよろしければ、ですが」

「な……何だよ、定食屋の住み込み店員じゃ、駄目なのかよ?」

思わず兄に食ってかかる海里を窘《たしな》めたのは、壁に軽くもたれ、腕組みして立っている涼彦だった。

「そうむくれんな。役所の人間には、肩書きやら資格やらがあるほうが、話の通りがいいんだよ。公認会計士と刑事なら、おおむね申し分ねえだろうが」

「それは……そうかも」

確かに涼彦の言うことは筋が通っていて、しかも彼は、一憲の友人だからこそ、ここまで足を運んでくれたのだ。さすがに兄に対するような物言いはできず、海里は「すんません」と小さく頭を下げた。

すると涼彦は、唇だけでチラッと笑って、照れ臭そうに低い声で言った。

「今日は、たまさか非番だったからな。一憲から連絡を貰《もら》って、俺も行くことにしたんだ。あんたらには、俺にも恩義がある。こういう場所では、おまわりがいりゃ役に立つこともあるだろう」

「まあ、警察官の出番がないのが、何よりなんだがな。念には念をという奴だ」

一憲はそんなことを言いながら、空いたパイプ椅子を自分たちのために広げ始める。

そんな一憲と入れ替わりに、奈津は夏神に静かに歩み寄った。夏神も海里もまったくの普段着だが、奈津はグレーの地味なスーツをきちんと着込んでいる。

「あと、葬儀のことなんですけど……」

ごく自然に両膝《りょうひざ》を冷たい床につき、夏神の顔を見上げる体勢で、奈津は穏やかに言った。

「解剖の終了時刻も結果もまだわかりませんから、お通夜を今夜するのは難しいと思います。ですから、明日《あした》がお通夜、明後日《あさって》が告別式の予定を組むのが無難かなと。マスターさえよろしければ、私に任せてくれませんか？　海里君と相談して、きちんと手配しますから」

さすがにそれは自分がやると言い張るかと、海里はドキドキしながら夏神の様子を窺《うかが》う。だが彼は、痛ましそうに自分の顔を見上げる奈津を見返して、力なく頷いた。

「すんません。……よろしゅう頼んます。もう、小さい小さい式でええです。俺とイガしか、見送る人間はおらんのですし」

喉《のど》から絞り出すようにして、どうにかまともな文章を声にした夏神に、奈津は「承知しました」と微笑んだ。

夏神のジーンズの膝小僧に軽く触れてから、奈津は立ち上がり、机の上にインターネットの画面を紙に打ち出したものを置いた。

海里は立っていって、それを見下ろす。

「これは？」

「一応ね、家で調べてきたの。船倉さんのご自宅から徒歩圏内に葬儀ホールを持っている葬儀会社のリストよ。週末だけど、このうちのどこか一ヵ所くらいはスケジュールが取れるでしょう。ここに案内してくれた警察の方に聞いたけど、お役所の係の方がもうすぐ到着なさるそうだから、ご遺体の引き取りのことさえ定まれば、すぐに葬儀会社に連絡できるわ。お通夜と告別式の日時と場所が定まったら、町内会にもお知らせしないとね」

「……すげえ。何でそんな段取り、知ってんの？」

海里は驚いて、義姉の理知的な顔をマジマジと見た。奈津は、恥ずかしそうにかぶりを振る。

「付け焼き刃よ。ホントに凄《すご》いのは、お義母《かあ》さん。葬儀をどうやって仕切ったらいいか、大急ぎで教えてもらったの。絶対に女手があったほうがいいって言われたから、私、明日と明後日はずっと付き合うわ。安心して」

「マジで？　すっげー心強いけど、仕事、いいの？　獣医は週末とか関係ないでしょ」

海里は心配そうに言ったが、奈津はそんな海里に敢《あ》えて朗らかな声で言った。

「いいのよ。家族なんだから、水くさいこと言わないで、お姉ちゃんにどーんと甘えなさい！」

「……そうでした」

海里も、ようやくくたびれた笑みを頬に浮かべた。

「そうよ。本当はお義母さんも手伝うって言ってたんだけど、さすがにマスターを恐縮させちゃうでしょう？　だから、今回はお留守番をお願いしたの。……ねえ、海里君」

奈津は、海里の二の腕を、シャツの上からサラリと撫《な》でた。その優しい感触に、海里は張り詰めていた気持ちが、またほんの少しだけ緩んだのを感じた。

奈津は、夏神に聞こえないように、海里の耳元で囁《ささや》く。

「現実的なことは、私と一憲さんに任せておいて。マスターには、必要最低限のことだけして貰うようにするから」

「あ、じゃあ、俺は」

海里は慌てて、自分の役割を奈津に訊《たず》ねようとしたが、奈津は、そんな海里の乾いた唇に、人差し指を押し当てて黙らせた。

「海里君の仕事は、マスターの傍にいることよ」

「けど、俺……。傍にいても、何もしてあげられないし。奈津さんたちが来てくれるまで、夏神さん、全然喋《しゃべ》らなくてさ。何言っても反応ゼロで、俺、どうしていいか全然わかんなくて。今も、不安でしょうがねえし、何もできない自分が嫌になる」

自分が真っ先に泣き出しそうな声で嘆く海里に、奈津は温かな声音で言った。

「何もしようとしなくていいの。無理に話しかけなくてもいいの。身内が傍にいてくれるだけで、動物は安心するものよ。マスターの身内は、今は海里君なんでしょう？」

「いるだけで、ホントにいいのかな？　役に立てるかな？」

なおも不安げな海里に、奈津は深く頷いた。

「それでいいの。他の人にはできない、いちばん大事な仕事よ。頑張って」

そう言って海里の迷子のような顔を覗《のぞ》き込み、奈津はアーモンド型の目で小さくウィンクしてみせた……。


一憲たちに懇ろに礼を言って別れ、再びタクシーで自宅に帰り着く頃には、とっくに午後十時を過ぎていた。

「ふう、やっと着いた！　ほら、我が家到着だよ、夏神さん」

タクシーを降りて外の空気を胸いっぱいに吸い込み、海里は生き返ったような気持ちで夏神に声をかけた。

「……おう」

夏神は、相変わらず鈍い口調で、それでも律儀に相づちを返してくる。

車中では、海里はさすがに疲れてウトウトしてしまったが、隣の夏神はまんじりともしていなかった様子だ。

店の引き戸に貼り付けた「本日臨時休業」の紙が滑稽《こっけい》なほど斜めになっていて、自分がいかに慌てていたかを痛感し、海里は疲れた顔に苦笑いを浮かべる。

旧式の大きな鍵《かぎ》で錠を開け、引き戸を開けた海里は、まだ少しボンヤリしている夏神の後ろに回り、広い背中を両手でぐいぐいと押した。

暗い店の中に夏神を押し込むと、灯《あか》りを点《つ》け、鍵を閉め、そして二階の茶の間へと、やはり夏神の背中を押しながら階段を上っていく。

「重い！　俺はラッセル車かよ」

わざとそんな軽口を叩きながら、海里はそのまま夏神を彼の自室でもある茶の間に連れていった。

家を出るときには、革ジャンを着せてやらなくてはならなかった夏神だが、時間の経過と共に、ようやく意識が現実世界に戻りつつあるのだろう。

「おおきにな」

そう一言言うと、自分で革ジャンを脱いで部屋の隅に放り投げ、ゆっくりと座布団の上に腰を下ろした。

「お礼とか、そんなのいいから」

海里はいったん廊下に出たが、すぐに戻ってきて、二階の小さなキッチンでやかんに水を入れ、火にかけた。

(今夜は、とにかくぐっすり寝て貰わなきゃな。明日も明後日も、長丁場だし)

夏神を視界の端に入れて様子を見守りながら、海里は思いを巡らせた。

司法解剖の結果、船倉の死因は、急性心筋梗塞《こうそく》による心臓破裂と断定された。

おそらくは動脈硬化を長年患っており、自覚症状もあったはずだが、本人が医者嫌いだったことから、まったく治療を受けていなかったようだ。

死亡時刻は、昨夜遅く。どうやら線路向こうのコンビニエンスストアに切れていた日用品を買いに行き、その帰りに心筋梗塞を起こしてそのまま死亡したらしい。

つまり、彼は明らかな病死であり、事件性はないと判断された。

よって、遺体は速やかに葬儀会社職員の手によって白い装束を着せつけられ、シンプルな白木の棺《ひつぎ》に収められた。

一憲と涼彦のおかげもあり、夏神は問題なく船倉の遺体引き取り人となり、遺体は明日の通夜まで、葬儀会社が責任を持って預かってくれることになった。

そんなわけで、あとは喪服さえ出せば、葬儀の準備はあらかた整ったことになる。

(兄ちゃんと奈津さん、滅茶苦茶動いてくれたなあ。……ありがてえな、家族って)

冷えきった手のひらをコンロの炎にかざして温めながら、海里はしみじみとそう思った。

（兄ちゃんって、あんな人だったんだな。頑固で偉そうなの、伊達《だて》じゃなかった。マジで偉かった）

突然の訃報《ふほう》に途方に暮れて、仕事中だとわかっていたのに電話をかけ、しどろもどろに事情を説明した海里に、スピーカーの向こうでじっと耳を傾けていた一憲は、即座に「わかった、すぐに行く」と言ってくれた。

あの瞬間のとてつもない安心感を、海里は一生忘れないだろう。

「俺にすぐ連絡することを思いつけただけで、お前にしては上出来だ。あとは任せろ。お前は夏神さんと医科大学へ行け」

いくつか簡潔な追加質問をしただけで迷いなく指示を出してくれる兄が頼もしくて、身体から半分抜け出したような状態だった心が、すうっと所定の位置に戻ったような気がした。

それで冷静さを取り戻した海里は、放心状態の夏神を連れて、初めて行く医科大学までどうにかたどり着くことが出来たのだ。

（金と印鑑とスマホと充電用バッテリーを忘れるな……だっけ。兄ちゃんのアドバイス、完璧《かんぺき》だったし）

そんなことを思い出しながら、海里はシュンシュンと沸いた湯で、インスタントココアをマグカップ三つ分作った。

それをちゃぶ台に運び、夏神の隣に腰を下ろして、マグカップを差し出す。

「食欲あるなら何か作るけど、明らかに、これから飯って気分じゃないだろ？　せめて、カロリーだけでも補給しとかなきゃ。ほら、これ」

「……すまん」

口角をほんの僅《わず》かに上げ、夏神は大きな両手でマグカップを受け取った。

湯気を上げるココアを吹き冷ましてから、ゆっくりと一口味わい、深い息を吐く。

「甘いなあ。ココアて、こないに旨《うま》かったやろか」

昼間の彼の動揺ぶりを見ていただけに、今、まだ呆《ほう》けたような口調ではあるが、夏神が喋ってくれることが嬉《うれ》しくて、海里は笑って同意した。

「昼から何も食ってねえもん。そりゃ、甘いもんなら何でも、死ぬ程旨く感じるはずだよ」

「せやなあ」

そう言ってココアをもう一口飲んでからマグカップをちゃぶ台に置き、夏神は身体ごと海里のほうを向いた。そして、のっそりした仕草で、深々と頭を下げる。

「今日はすまんかった。ありがとうな、イガ。お前がおらんかったら、俺、何をどないしてええかわからんかったわ」

海里は、自分もマグカップを置き、何となくかしこまってお辞儀を返す。

「俺は、何もできてないよ。ただオロオロしてただけ。兄ちゃんと奈津さんと仁木さんがいてくれたおかげで、何とかなった。ホント、俺ら、駄目だな」

「……ホンマやな」

「けど、夏神さん、ちょっと落ち着いたみたいでよかった。報《しら》せを受けてしばらくは、マジで電池の切れたロボットみたいだったから。あのままどうかなっちゃうんじゃないかって、わりと心配したぞ」

非難にならないよう、自分の気持ちをかなり軽めに表現して、海里はちょっと気の抜けた笑い方をした。

夏神は、真面目な顔で頷《うなず》いた。

「なんや、頭ん中で、いちばん大本のブレーカーが落ちたみたいになってしもてな。何も、考えられんようになった。お前が手ぇ引いてくれて、何ぞ言うてんのも、自分が歩いてんのも、水ん中から見聞きしとるみたいな感じでな」

「ショックが大きすぎて、何てーの、心を守るために、身体がそうしたのかも。俺にはそこまでの経験がないから、想像だけど。……とにかく、しょうがないよ。船倉さんは、夏神さんにとって、大事な大事な人だったんだから」

わざとあっさりそう言って、海里は立ち上がった。

「とりあえずさ、ロイドが今、風呂《ふろ》の支度しに行ってくれてるんだ。夏神さん、ゆっくり風呂入って、今夜はもう寝ちゃいなよ。明日《あした》、起きなきゃいけない時間になったら、俺がちゃんと声かけるから」

そう言って、海里は浴室の様子を見に行こうとした。

何しろ、本人が大張り切りで引き受けたとはいえ、本来、セルロイド眼鏡は熱に弱い。風呂に湯を張るくらいでどうということはないだろうが、この上アクシデントが重なっては、たまったものではないと思ったからだ。

だが……。

「助けてくれ、イガ」

苦しげに絞り出された夏神の声に、茶の間を出て行こうとした海里は、つんのめるように足を止めた。

振り返ると、夏神は片手を畳について身を乗り出し、縋《すが》るような目で海里を見据えていた。

「夏神……さん？　今、何て？」

信じられない思いで、海里は問い返す。

海里を凝視したまま、夏神は震える声で繰り返した。

「助けてくれ。今だけでええから……見えんとこに、行かんといてくれ」

（嘘だろ）

海里は、呆然《ぼうぜん》とした。

夏神が、初めて手放しで助けを求めている。

言葉を追いかけるように、夏神の大きな手が、海里に向けて差し伸べられる。

「夏神……さん？」

海里は戸惑いながらも、夏神のもとに戻り、畳の上に片膝《かたひざ》を突く。たちまち、夏神の強い腕が、海里の上半身を腕ごと抱き締めた。

「んぐっ……いだだだ」

人間を相手にしているというより、大きなクッションでも抱え込むような、容赦のない抱擁である。

半ば相手に倒れかかるような不安定な姿勢のまま、海里は自分がこのまま夏神に肋骨《ろっこつ》をバキバキ折られて殺されるのではないかとさえ感じた。

息苦しさに、本能的な恐怖が湧き起こる。それでも海里は、夏神をどうにか宥《なだ》めようと、わざと冗談めかして言った。

「ちょ、何すんだよ。ロイドが見たら、俺らの関係を誤解すんでしょが。それに、これじゃ、鮭を抱えた熊だよ。北海道土産じゃないっつの」

だが夏神はそれには答えず、全力で海里を抱え込んだまま、明らかに涙に湿った声で訴えた。

「怖いんや」

「大事な人がぽろぽろ死んでいくんが、俺は怖《こお》うてしゃーないんや」

「えっ?」

「夏神さん……」

あまりに強くホールドされているせいで、海里はほとんど身動きできず、夏神の顔を見ることすらできない。だが、声を聞いているだけで、夏神が泣いていることはわかった。

「山で仲間を亡くした後、心がおかしゅうなっとった俺が、テレビカメラの前で、迂闊《うかつ》なことを言うてしもた話は……したやろ」

海里は、夏神のパーカーの胸に頬を押しつけられたまま、小さく頷く。

「うん。吹雪の中、仲間を見捨ててひとりで山小屋に逃げたって……そんな風に、言っちゃったんだよな？」

夏神は、小さな溜《た》め息でその言葉を肯定する。

「そのせいで、色んなことがあった。友達やと思ってた連中が、テレビで俺の悪口を言うとるのを毎日見た。近所の人らも、ろくに付き合いもないのに、あることないことペラペラ喋《しゃべ》りよった。知ってる人も知らん人も、誰もが俺を悪う言う。ホンマやないことが、どんどん一人歩きして、極悪人の俺を作り上げていく。小学校の文集に書いた、自分でも覚えてへんような他愛ない夢が、悪意バリバリの解釈をされて日本じゅうに晒《さら》される。あんな恐ろしいことは、あれへんかった」

「……うん。わかるよ、それ。俺にも、すげえわかる」

海里は、どうにか動かせる左手で、夏神の脇腹を軽く叩《たた》く。強く圧迫されすぎて、指先が痺《しび》れ始めているのがわかった。

だが夏神は、それに返事はせず、ただ自分の胸にしまい込んできた思いを吐き出し続けた。

「実家にもマスコミが押しかけて、親は長年暮らした街におられんようになって、遠くに越さなあかんかった。父親は、仕事も辞めた。まるで、親まで犯罪者扱いやった。人目を気にして、息を殺して生活せなあかん心労が祟《たた》って、二人とも早死にした。俺が殺したようなもんなんや」

初めて聞いた夏神の両親の話に、海里は息を呑《の》んだ。

「あ……それで、夏神さん」

(俺と淡海先生に、「孝行をしたいときには親はなし」なんて言ったのは、夏神さんのご両親がそんな亡くなりかたをしたからだったのか)

あのとき、夏神が発した一言の重さが胸にズシリときて、海里は言葉を失う。

「あれ以来、人間が怖うて怖うてしゃーなくて、誰とも繋《つな》がりを持てんようになった。何度も自殺しようとしたけど、いざとなると、それもまた怖うてできへんのや。何もかもに絶望しとるはずやのに、希望なんかないはずやのに、死ぬのが怖かった。生きてんのがつらいて思うてるのに、大事な人らはみんなおらんようになってしもたのに、自分には、死ぬ勇気があれへんかったんや。ヘタレにも程がある」

吐息交じりにボソボソ語る夏神の腕から、徐々に力が抜けていく。

海里はそうっと夏神の腕から抜け出すと、壁にもたれ、長い脚を伸ばして座り直した。

こっちに来いと言う代わりに、自分の隣の畳を手のひらで軽く叩く。

夏神は座りこんだままの状態で、手と膝を使って海里の隣に移動し、同じように並んで脚を投げ出す。

「……お前、俺よりちっこいくせに、俺より脚、長いんか」

どこか悔しそうな、驚きを含んだ夏神の声に、海里は得意げにへへっと笑った。

「そりゃ、一応、元芸能人ですし！……つかね、夏神さん。芸能界を追放されたとき、俺もやけっぱちになったし、凹《へこ》んだし、傷ついたし、死んでもいいやとも思った。でも、自殺はできなかったよ。勇気のあるなしじゃなく……何て言えばいいのかわかんないけど」

海里は、両の手のひらを眺めながら、考え考え言った。

「前にテレビ番組に出たとき、生物学の偉い先生が言ってた。人間の細胞の一つ一つは、それぞれがちっちゃい生き物なんだって。細胞の中には、超ミニサイズの内臓もあって、分裂して子供や孫も作って代替わりしていくんだってさ。人間と違って、親とまんま同じ子供らしいけど」

唐突に始まったアカデミックな話に、夏神はワイルドな顔全体にでかでかと「よくわからない」と書いて、海里を見る。

海里は、ヒョイと肩を竦《すく》めた。

「俺も受け売りで、詳しくはわかんない。とにかく、俺たちの身体って、細胞っていう生き物がいっぱい集まって作ったグループみたいなもんなんだって。普段は脳がリーダーになってるけど、脳が死んだら、全員解散になるらしいよ」

「……へえ」

「脳が死んだら、俺たちは『人』として終わりだろ？　だけど細胞一つ一つは、そっから先も、酸素とエネルギーが尽きるまで、生き延びようと踏ん張り続けるんだって」

「なんや、えらい怖い話やな」

「俺もそれ聞いたとき、ちょっとぞーっとした。だけどさ、この店に来て、ここでこうやって日向《ひなた》ぼっこしてるとき、今みたく、何故か急にそのことを思い出したんだ」

「何でまた」

海里は、蛍光灯に自分の手をかざした。肉付きの薄い部分だけ、赤い血の色が透けて見える。それを眺めながら、海里は再び口を開いた。

「死んじゃいたいと思ってるのに死ねないのは、細胞たちは生きたいと思ってるからじゃないかなって。……人のせいに、いや、細胞のせいにするわけじゃないけど、俺の身体だからって、俺の一存だけでどうこうしていいもんでもねえんだなあって、そう思ったんだ。正しいかどうかはわかんない。でも、なんかそう感じた」

だから、夏神さんが死にきれなかったのは、ヘタレだからじゃないと思うよ……とそっと付け加えて、海里はしんみり笑った。

実に長いカーブを描いた慰めにようやく気づき、夏神も、無精ひげの浮いた頬を緩める。

「そうかあ」

「ホントのとこは、わかんないけどね。もしかして夏神さん、荒れてた頃は、自殺できないもんだから、いっそ誰かに殺してもらおうなんて思って、無茶してたわけ？」

「否定は、できへんな。ホンマに甘えた考えやった。どこまで他人様《ひとさま》に迷惑かける気やったんやっちゅう話や」

自らを嘲《あざけ》るような口調で夏神はぽつりと言ったが、海里は自分の鼻先を指さす。

「それ、俺にも超痛い台詞《せりふ》なんですけど。俺もあんとき、ヤンキーに殴り殺されて死んでも、もういいか～なんて思ってたしね」

「それもそうやな。……はあ、俺ら、ホンマに似た者どうしやなあ」

夏神はしみじみとそう言ったが、海里は曖昧《あいまい》に首を振った。

「んー、まあ似てるとこもあるけど、俺はまだ、大事な人を亡くしたことがないよ。勿論《もちろん》、父親は大事な人だけど、物心つく前に死んじゃったから。悲しかった記憶がないもんな。……なあ、夏神さん」

「うん？」

立てたつま先を靴下の内側でピコピコ動かしながら、海里は夏神に問いかけた。

「さっき、大事な人がぽろぽろ死んでいくのが怖いって言ってたの……もうちょっと、聞かせてくれよ。どんな風に怖いのか、俺、ちゃんと知りたい。でないと何もできないし、それは、俺がきつい」

促されて、夏神は低く唸《うな》って、しばらく考え込んだ。

感情が高ぶったときに意識せず飛び出した言葉について、詳しく説明しろと言われても難しいというのは、海里にも理解できる。

だから海里は、夏神が心ゆくまで考えられるよう、塗り壁にもたれ、ただのんびりと待った。

やがて夏神は、まだ言葉を探しながらも、慎重に話し始めた。

「俺は頭がようないから、上手《うま》いこと言われへんけど。山で仲間を亡くして、人と繋がるんが怖くなった俺を、辛抱強く手懐《てなず》けてくれたんが、師匠や。師匠や常連客の人らが、どこの馬の骨とも知れん俺を息子みたいに構ってくれて、ちょっとずつ、また人と関われるようになった」

「うん」

「覚悟を決めて、山でのことを師匠に打ち明けたときも、師匠は、少しも動じんかった。『お前は、ひとりだけ生き残ったことが後ろめたくて、それで嘘を言うたんじゃ。労《いたわ》られたり慰められたりするんが辛《つろ》うて、いたたまれんで、世間様に、寄って集《たか》って罰してほしかったんやろうが。そのほうが、いっそ楽になれると思うたんやろが』……そうズバッと指摘されて、ハッとしたわ」

「うわ……きついけど、それ、ホントだった？」

自分がそれを言われたように痛そうに顔を歪《ゆが》める海里に、夏神は静かに頷《うなず》いた。

「何であないなこと口走ったんかわからんかったけど、なるほど、そうかもしれんと思うた。それもまた、身勝手な甘えやったんやな。その挙げ句に、色んな人に迷惑かけ倒して、傷つけて、そのくせ自分ひとりが被害者みたいに思うて無茶ばっかりやって。ホンマに俺はアホやった。それに気付いてから、ほんまの意味で、立ち直り始めた気がする」

「なんか、船倉さんって、命だけじゃなくて、夏神さんの魂もまるっと助けてくれた人だったんだな」

そう言われて、夏神は嚙《か》みしめるように目を閉じて頷いた。そのまま、小さな声で話を続ける。

「せやけど、そんな師匠もおらんようになってしもた。友達、彼女、親、師匠……俺が大事やと思うた人は、みんな死んでまう。俺が……俺が疫病神で、俺とかかわったせいで、みんなはよ死んでしもたん違うかと思うと」

「ちょ、何言ってんだよ」

海里は夏神の話を遮ろうとしたが、夏神は口を閉ざそうとはしなかった。自分の太股《ふともも》の上に置いた両手が、固く握り締められる。

「今、俺が身内で呼べるんは、お前……と、ロイドだけや。ロイドは眼鏡やからまあ大丈夫やろけど、お前は……」

「俺が、何だよ？」

「お前にもしものことがあったら、どないしょう……。お前が部屋を出ていこうとしたときに、急にそんな考えが過《よぎ》って、怖《こお》うてしゃーなくなったんや。もし、俺がホンマに疫病神で、俺とかかわったばっかりに、お前まで」

「はーい、ストップ！　そこまでにしてもらうし！」

思い詰めた口調で話し続ける夏神を、海里はぶっきらぼうに、だが腹にぐっと力を込めた強い調子で、今度こそ遮った。

その、海里が滅多に出さないきつい声に、彼が気分を害したと思ったのだろう。夏神はハッとした様子で、海里に謝った。

「すまん。こんな話されたら、気ぃ悪いわな」

「滅茶苦茶気分悪いよ。……っても、たぶん、夏神さんが思ってるような理由じゃないけどね」

海里はムスッとした顔つきで、夏神を睨《にら》んだ。夏神は戸惑いを露《あら》わに、海里を見返す。

「……っちゅうと？」

「失礼ぶっこいたこと、言ってんなよな」

海里は怒った顔のまま一言言ってから、右の拳《こぶし》をギュッと握り込んだ。それで、子供を叱るように、夏神の頭をポカリと一つ叩《たた》く。

「あだっ」

驚いた顔で叩かれた部分を片手で押さえた夏神の眼前で、海里はさっき使った拳を、左手で指さした。

「今のは俺じゃなくて、船倉さんの代わり。たぶん、今ここにいたら、同じことすると思うよ」

「……イガ……」

「みんな、一生懸命、自分の人生を生きたんだぞ。死んだ原因はそりゃ色々だろうけど、生き続けられなくなるまで、ちゃんと生きたんだよ。結果として夏神さんより早く死んだばっかりに、それを夏神さんのせいとかにされたら、死んだ人たちに失礼だろ。勝手に、自分の人生が中途半端に終わったことにされちまうなんて、俺だったら冗談じゃねえよ」

「せやけど」

「せやけど、じゃない！　俺、これまで夏神さんが甘えてるなんてこれっぽっちも思わなかったけど、今、初めて思うよ」

「イガ……」

「自分の大事な人たちだってんなら、その人たちのこと、自分が背負った罪にすんなよ。重荷にすんなよ。夏神さんがその人たちを大事に思ってたように、その人たちも夏神さんを大事に思ってたんだぞ。それなのに、夏神さんが自分で自分を追い込むためのネタに使われてるなんて知ったら、成仏どころの騒ぎじゃねえだろ」

一息にまくし立てて、海里は手のひらで畳をパシンと叩く。

無意識の仕草ではあったが、海里としては、それは「自分の分」として、夏神の頭を叩く代わりの行為だったに違いない。

そしてその音を聞いた夏神もまた、痛そうに顔を歪めた。そして、ゆるゆると項垂《うなだ》れた彼は、両手で顔を覆ってしまう。

「……すまん。ホンマにすまん。俺は何べん、同じ間違いを繰り返したら気ぃ済むんやろな」

「ホントだよ。……って言いつつ、人間、そう簡単に変われないよ。俺だって、駄目だってわかってんのに、つい人のプライバシーに頭突っ込んで、そのくせ自分では何もできなくて、夏神さんやロイドや兄ちゃんや奈津さんや……色んな人に助けてもらってばっか。何度も繰り返して、何度も頭打って、でもやっちまうんだよなあ。なんでだろな。いい加減に身の程知れよって、嫌んなる」

自己嫌悪を素直に口にしてから、海里は声音を和らげてこう続けた。

「でもさ、夏神さんは、失ってばっかじゃないよ。……なあ、風呂《ふろ》の湯が溜《た》まったなら、そう言えよ。何でずっとそこに立ってるかなあ」

そんな呼びかけに対して、物陰からひょいと姿を現したのは、言うまでもなくロイドである。

二人に気を遣い、ロイドはさっきからずっと廊下に立っていたのだ。勿論、聞き耳を立てながら。

「気がついておいでなのでしたら、お声がけくだされば」

「そういう雰囲気じゃなかっただろ？」

「わたしが入っていける雰囲気でもありませんでしたよ。では、失礼致しまして、わたしも」

そう言うと、スタスタやってきたロイドは、やはり海里の隣に腰を下ろし、二人と同じように脚を伸ばす。

「おお、これはなかなか楽な体勢でございますなあ」

「だろ。ダラダラ喋《しゃべ》るときは、これに限る」

そう言うと、海里は夏神に顔を向け、ロイドを親指で指してみせた。

「俺さ、前に言ったことあるだろ。俺を助けるために、夏神さんが生き延びたと思ってくれねえかなって」

「……おう」

「でも、そんだけじゃなかった。船倉さんが夏神さんを助けて、夏神さんが俺を助けて、俺がロイドを助けて、俺とロイドが船倉さんに会えて。みんなをぐるっと一回り繋《つな》げたのは、夏神さんだよ」

「あ……」

「それに、俺たちがこうして一つ屋根の下で一緒に暮らすようになってさ。まだ一年も経ってないのに、色んなことがあったじゃん」

夏神は、海里とロイドの顔を交互に見て、感慨深げに頷《うなず》いた。

「お前らが来てから、まだ一年も経ってへんのか。ビックリやな」

「だろ？　淡海先生は妹さんの魂と出会って、奈津さんは兄ちゃんと結婚して、俺と兄ちゃんがまあまあ仲直りして、仁木さんが来て……。他でもない夏神さんが開いたこの店が、みんなが集まる場所だよ」

「イガ……」

「大丈夫、夏神さんは疫病神なんかじゃない。みんなを繋いでる。な？」

海里はニッと笑い、ロイドも笑顔で同意の声を上げる。

「そうでございますとも。一つ屋根の下には、神様はひとりで十分でございます。つまりわたしという付喪神《つくもがみ》がおりますゆえ、夏神様はどうぞ人間のままで」

ロイド自身は「いいことを言った」と言わんばかりの得意顔なのだが、海里は思いきり眉根《まゆね》を寄せた。

「えっ、ちょい待ち。付喪神って、神様じゃねえだろ？」

「神とついております以上、神様でございますよ。今さら、何を仰せなのですか」

「そんな神様、いねえよ。ありがたくもなんともねえもん。どっちかっていうと、神様より座敷童《ざしきわらし》に近い何かだろ、お前」

「……座敷童も、家につく神様と伺っておりますよ？」

「マジか！」

「この国は、八百万《やおよろず》の神様が住まう地でございますからねえ。罰当たりではございますが、石を投げれば神様に当たるような有様でありましょう」

あまりにも間の抜けた主従の会話に、溢《あふ》れそうになっていた夏神の涙が、面白いように引っ込んでいく。

「いくら大量にいるからって、お前みたいな神様がいていいわけが……って、あれ」

「おや」

言い合っていた海里とロイドは、揃って夏神の顔を見る。

「何だよ、夏神さん、笑ってんじゃん」

「よいことです。笑う門には福来たる、と申しますからね」

そんな二人の笑顔に釣られたように、夏神の顔にもいつもの笑みが広がっていく。

「お前らの話聞いとったら、アホらしすぎて気ぃ抜けた」

海里は得意げに胸を張った。

「そんくらいでいいんだよ。……でもまあ、こういう夜にひとりぼっちが嫌だってのは、何となくわかる。だからさあ、夏神さん」

「うん？」

「俺、考えたんだけど……今夜は、ここでキャンプしよう」

思いもよらない海里の提案に、夏神は充血した目を丸くする。

「……あ？　キャンプ？」

「そ。ちゃぶ台あっちに片付けて、俺の布団ここに持って来て、ロイドの奴もこのまま交ぜてさ。布団二組を三人で分けて、ぎゅうぎゅうしながら寝よう。こないだ、福引きで貰《もら》った、キャンドルタイプのLEDライトとか点《つ》けてさ。で、眠くなるまでつまんねえ話して、みんなで寝落ちしよう」

「おお！　噂に聞く、『川の字に寝る』という就寝方法でありますな！」

ロイドは妙に嬉《うれ》しそうに手を叩《たた》いた。しかし、すぐに表情を引き締め、夏神と海里の両方に警告する。

「川の字はたいへんよろしゅうございますが、わたし、繊細な眼鏡ですので、決して寝返りはお打ちになりませんよう。わたしが下敷きになり、取り返しがつかぬほど歪《ゆが》んでしまうやもしれません」

「人の姿のときでも!?」

驚く海里に、ロイドは涼しい顔で答える。

「それはもう。眼鏡であろうと、人であろうと、わたしの身体であることに違いはありませんので」

「そういうもんかよ。……以後、気をつけるわ」

海里は大真面目な顔でそう言った。ロイドも真剣な面持ちで念を押す。

「くれぐれも、よろしくお願い致します。夏神様も」

「お……おう。何や金縛りになりそうやけど、頑張るわ」

夏神も、神妙な顔つきで頷く。

海里は、勢いよくパンと手を打ち、立ち上がった。

「よーっし！　そうと来たら、夏神さんは風呂、ロイドはこの部屋片付けて、三人並んで寝られるスペースを確保、そんで俺は、布団を取ってくる！」

「かしこまりました！」

ロイドも返事をして、ぴょこんと弾みを付けて立ち上がる。

夏神も最後にどっこいしょと立ち上がり、二人の名を呼んだ。

そして、「いてくれて、ホンマにありがとうな」という言葉と共に、右腕で海里を、左腕でロイドを、さっきとは違い、温かく抱擁したのだった。

＊　　　＊

翌週の土曜日、夏神と海里は、再び船倉和夫の店、「へんこ亭」へと向かっていた。

船倉の持ち物を片付け、家を明け渡す準備をしなくてはならないからだ。

もともと二月末まで営業を続ける予定だったので、家主も、三月上旬までに撤収作業を完了してくれればいいと言ってくれている。そこで二人は、週末ごとに店に通い、こつこつと家を片付けることにしたのである。

「悪いな、付き合わして」

長瀬駅から店へ向かって歩きながら、夏神は心底済まなそうにそう言った。

吹き付ける寒風に、毛糸のマフラーを巻き直しながら、海里はむしろちょっと怒ったように言い返した。

「何度同じこと言ってんだよ。船倉さんは、俺にとっては大師匠なんだから、片付けに付き合うのは当たり前だろ」

「そして、わたしにとっては、我が主《あるじ》の大師匠であらせられますから。お手伝いは当然のことでございますよ」

周囲に人通りがないのをいいことに、ずっと眼鏡でいたロイドが、ひょっこり人の姿で現れる。

海里は、疑わしげな横目でロイドを見た。

「お前、手伝うっつったって、力仕事ができんのかよ。こないだ、茶の間キャンプしたときも、ちゃぶ台を持ち上げ損ねてひっくり返ってただろ」

ロイドは、けろりとした顔で言い返す。

「何しろわたしは、繊細かつ精緻《せいち》なセルロイド眼鏡でございますからねえ。そもそも、荒事には向かない、雅《みやび》やかな存在なのですよ。ですが何も、お手伝いは力仕事だけではございますまい」

「雅やかとか、自分で言っちゃうかねえ」

「なかなか、他人様《ひとさま》には言っていただけないもので」

海里に買ってもらった伊達《だて》眼鏡をクイと上げて、ロイドは気取ったポーズを取ってみせる。
「お前らはまあ、ようもそう、しょーもないネタで会話を延々続けられるもんやなあ。
ほら、ついたで」
呆《あき》れ顔でそう言い、夏神はポケットから船倉の店の鍵《かぎ》を引っ張り出した。
勝手知ったる昔の住み処《か》、と言わんばかりに、店主の死後、閉ざされたままの門扉を
開け、玄関の鍵を開ける。
さすがにそこで、夏神はふと手を止めた。
船倉の葬儀の際、遺影になるような写真を探したり、棺《ひつぎ》に入れる身の回りの品を見つ
けたりするために何度かバタバタと家に出入りはしたが、改めて訪れるのはそれ以来で
ある。
船倉がもういない店に入ることには、傍目《はため》にはすっかり元に戻ったように見える夏神
にも、勇気がいるのだろう。
「がんがん行こうぜ。やること、きっと山積みだぞ。年寄りは、色々家に溜《た》め込んでっ
から」
そんな夏神の背中を押すように、海里は陽気に言い放つ。
「せやな……。師匠、俺がおった頃から、物を捨てん人やったからな。覚悟しとけよ、
お前らも」

自分自身を鼓舞するようにそんなことを言って、夏神はドアノブをしっかり握り直した。そして、必要以上に勢いよく重い扉を開け、店内に足を踏み入れる。

「師匠、お邪魔します」

夏神のそんな挨拶《あいさつ》の言葉を聞きながら、海里とロイドも後に続く。

だが次の瞬間、夏神と海里はほぼ同時に驚きの声を上げ、海里は棒立ちになった。

夏神に至っては瞬時に腰を抜かし、床に尻餅《しりもち》をついてしまう。

最後に店に入ってきたロイドだけが、「おやおや」ととぼけた声を出した。

三人がそれぞれの体勢で見つめるのは、カウンターの向こうの厨房《ちゅうぼう》だった。

「な……なんで……？」

言葉も出ない夏神の代わりに、海里が掠《かす》れた声で疑問を発する。

薄暗い店内、しかも主を失ったはずのガランとした厨房のスツールには、何故か、コック服を身につけた船倉和夫が、腕組みして座っていたのである……。

四章　物言わぬ人のために

「なんで、船倉さんが……ここに……？　だって、確か、お棺にずっと入ってて、火葬場で最後のお別れをして、お骨揚げだって、したよな？　茶の間にお骨置いて、毎日線香立てて、今朝もそうして……えっ？　なんで、えっ？」

アワアワと真っ青な顔で混乱しまくる海里の肩に手を置き、ロイドはひとり落ち着き払った調子で言った。

「落ちついてください、海里様。ご心配めされますな。船倉様は、完膚なきまでに亡くなっておいでですよ」

「だよな!?　だったら、今そこに……あっ」

ようやく事態が飲み込めた海里の肩をポンポンと叩いて、ロイドはあっさり告げた。

「はい、そこに座っておいでなのは、船倉様の幽霊でいらっしゃいます」

「ゆう、れい？」

嗄《しわが》れた声は、ずっと低いところから聞こえた。

まだ衝撃から立ち直ることができていない、夏神の声である。

ロイドは夏神に歩み寄ると、ニッコリ笑って両手を差し出した。

「はい、幽霊でいらっしゃいます。さあ、どうぞお師匠様に挨拶を」

「…………」

夏神は、ロイドの腕に縋《すが》るようにして、よろめきながらもどうにか立ち上がる。そして、まさに生まれたての鹿並みに頼りない足取りで、ゆっくりとカウンターの端っこを跳ね上げ、厨房の中へと入っていく。

「死ぬ程ビックリした。すげえハッキリした幽霊だな」

「それはもう。まだ、亡くなって日が浅《あそ》うございますからね」

海里とロイドは耳打ちし合いながら、カウンター越しに夏神を見守る。

これまで海里たちが出会ったどんな幽霊よりも、船倉の姿は鮮明だった。

室内の薄暗さも手伝って、幽霊を見慣れている夏神と海里が、船倉が生き返ったかと勘違いして驚愕《きょうがく》したほど、彼は生前とほとんど変わらないように見える。

夏神は、おずおずと船倉の前に跪《ひざまず》き、師匠の顔を見上げた。

「師匠……？　ホンマに、幽霊なんですか？」

船倉は、ただ虚《うつ》ろに座り続けているだけで、夏神の問いかけに答えず、弟子の顔を見ようともしない。

しばらく船倉の表情のない顔を見ていた夏神は、意を決した様子で、右手を挙げた。

震える指先を、船倉のコック服の腹に向かって差し伸ばす。

もし、これが何らかの奇跡で、目の前の船倉が幽霊ではなく、本当に生き返ったのだったら……。

そんな夏神の願望が、海里には痛いほど感じられた。

だが願いも虚《むな》しく、夏神の指先は、音もなく船倉の身体に突き刺さった。そのままぶずぶと、手首まで埋もれてしまう。

船倉のコック服越しに、夏神の手の甲が、薄く透けて見えた。

「なるほど、幽霊……やな」

師匠の身体に入り込んだ自分の腕を見て、夏神はガックリと頭《こうべ》を垂れた。

言うなれば、二度までも師匠を失うことになった夏神を、海里は痛ましげに見守る。

自分も人ならぬ身のロイドだけが、いつもと変わらない飄々《ひょうひょう》とした様子で、不思議そうに言った。

「間違いなく、幽霊でいらっしゃいます。ですが、何故、船倉様は、幽霊におなりなのでしょうね」

「お前にも、わかんねえの？　そういうのは感じ取れないのかよ」

海里は期待の眼差《まなざ》しをロイドに向けたが、ロイドはわざわざ伊達眼鏡越しに船倉を見て、かぶりを振った。

「さすがに、わかりかねます。ただ……やはり幽霊になるというのは、何かお心残りがあるということです。暗い怨嗟《えんさ》や悲嘆の念でないことは、感じ取れますが……」

海里は、ロイドと船倉を交互に見て問いかける。

「えんさ、ってのは恨みってことだろ？　誰かへの恨みや悲しみじゃなく、でも確かに、心残り？」

「はい」

「それはつまり、俺たちがやったお通夜やお葬式やその後の何かの段取りが不満とか、そういうことじゃねえんだよな？」

「そうではありますまい。夏神様に不満がおありなのでしたら、枕元に立つくらいのことはなさりそうなお方でしたし」

ロイドは迷いなく答える。

夏神は、いかにも名残惜しそうに、実体のない船倉の身体から自分の手を引き抜き、立ち上がって、手のひらを大きく開いてしげしげと見た。

「ホンマや。こんなにハッキリ見えとんのに、何も触られへん。せやけど、手が……爪が青うなるくらい冷えとる。氷みたいや」

「それが、この世ならざる者に触れた証拠です。よく擦《こす》って、血をたくさん通わせたほうがよろしいかと」

言われたとおりにしながらも、夏神は、黙然と座り続ける師匠の、低いコック帽を見下ろした。

「つまり師匠には、この場所に、何ぞ思い残したことがあるっちゅうことやな？」

「と、推察致します。死して間もない幽霊というのは、やはり、強い想いが残る場所に執着するものでございますからね」

ますますわからないといった表情で、海里は腕組みした。

「この場所に……。そりゃ、長年、仕事をしてた場所だから、想いが残ってるのは当たり前だろ。でも、店はもともと今月末で閉める予定だったんだし、幽霊になってこの世に居残るほどの未練があったとは……」

だが夏神は、まだ凍えて真っ直ぐ伸びない人差し指で、海里を指した。

「それや！」

「どれ？　俺？」

「違うわ、何でお前が師匠の心残りやねん。せやのうて、店じまいや！」

軽く興奮してまくし立てる夏神が言わんとしていることが理解できず、海里はキョトンとしてしまう。

「だから、店じまいは決まってたんだから」

「自分で決めた最後の日ぃまで、コックの仕事を全うできへんかったやろ」

「あっ！」

「師匠、言うとったやろ。引退することには、心残りはあれへん。ただ、常連さんにお別れを言うて、店を閉めたいて」

「言ってた！　そうか、それが心残りってことか。だよな、船倉さんの料理、すっげえたくさんの人に愛されてたんだなって、俺、お通夜とお葬式でよーくわかったよ。凄《すご》かったもん。さすがの奈津さんも、パニック起こしそうになってた」

そう言って、海里はクスッと笑った。一方の夏神は、困り顔で頭を掻《か》いた。

「ああ……。あんときは、俺が腑《ふ》抜けてしもとったばっかりに、お前の義姉《ねえ》さんをえらい目に遭わせてしもうたからなあ」

実は当初、奈津は夏神の意向を受け、いちばん簡素な家族葬の手配をしていた。

ところが、蓋《ふた》を開けてみれば、急な知らせだったにもかかわらず、通夜から驚くほどたくさんの人々が、船倉に別れを告げに来てくれたのである。

近所の人々は勿論《もちろん》、常連客も想像を遥《はる》かに超えた人数が参列し、奈津はより大きな会場を確保し、香典返しをたくさん用意するため、葬儀会社の担当者と奔走する羽目になった。

海里も怒濤《どとう》の二日間を思い出し、どっと疲れが甦《よみがえ》るような気がして、思わず片手で自分の肩を揉《も》んだ。

「マジで、あれは凄かった。弔電もいっぱい来たもんな。リアルでも電報でも、みんな、マスターの思い出の料理の話をしてたな。面白かった。通夜振る舞いの寿司《すし》をつまみながら、常連さんがみんな、洋食語りをしてるんだもん。あれが旨《うま》かった、あれも旨かったって。聞いてる俺が、羨《うらや》ましくて死にそうだったよ」

「せやったな。皆さん、俺のこともよう覚えとってくれて、マスターの跡を継いだらどうやって言うてくれはったな。無理やけど、ありがたかったわ」

　夏神は、少し切なそうにそう言った。ロイドは、小鳥のような表情で、そんな夏神に質問する。

「無理なのですか？」

　あまりにもストレートな質問に、夏神はうっと言葉に詰まる。海里は慌てて、ロイドの頭を軽く小突いた。

「馬鹿、だってこの店、どのみち明け渡さなきゃいけないんだから」

「いえ、そういう意味ではなく」

「こらっ、やめろよ。腕前の話だったら、余計に失礼だろ！」

「アホ。お前のその過剰な思いやりのほうが失礼や」

　今度はカウンターの中から出て来た夏神が、海里の頭を軽くはたく番である。

「うう、ゴメン。でも、そういう意味じゃないの？」

「それは勿論や。……けど、俺が自分の足で歩いてみたい、店を持ちたいて言うたとき、師匠は『ワシの跡、継ぐか？』っていっぺんだけ訊《き》いてくれはったことはある。師匠には遠く及ばんけど、それなりの腕はついたて認めてくれはったんやって、えらい嬉《うれ》しかったわ」

　船倉の幽霊を見やり、夏神は遠い日の記憶をたぐり寄せるような口調でそう言った。海里は、それを聞いて怪訝《けげん》そうな面持ちになる。

「じゃあ、夏神さん、洋食も作れるんだ？」

「そら、洋食屋でコックの弟子をやっとったんやからな」

「じゃあ、何で跡継ぎにならなかったのさ？　何で定食屋？」

海里のシンプルな質問に、ロイドも同じ疑問を抱いているらしく、いちいち頷《うなず》きながら、夏神の答えを待つ。

夏神は、目を伏せ、淡くホコリが積もったカウンターを手のひらでずっと撫《な》でた。

「そこは色々、俺なりに思うとこがあったんや」

夏神がそんな風に語尾を裁ち落としたような喋《しゃべ》り方をするのは、それ以上、詳しいことは語りたくないと思っているときだ。

それを知っている海里は、「ふうん」と敢《あ》えて素直に受け流し、こう提案した。

「でもさ、洋食を作れるんなら、やろうよ、『へんこ亭』」

「あ？」

目を剝《む》く夏神に、海里は片腕で、椅子を上げたままのテーブル席を指し示した。

「船倉さんの幽霊がせっかくここにいるんだから、船倉さんがやりたかった『常連さんたちへのご挨拶《あいさつ》』のための営業を、俺たちでやろうよ。四十九日にはちょっと早いけど、俺たちなりの区切りの法要っていうか、そんな感じで」

「ど……どうやってや？」

「だからさ、週末なら、『ばんめし屋』は休みだろ？　土曜日に仕込みをして、日曜だけ、ここで最終営業をしてみりゃいいんじゃない？　全員は無理だけど、来られる常連さんには来てもらってさ」

「いや、せやから、どうやって常連さんに知らせるんや？」

海里は、思わず両手を腰に当てた。出来の悪い生徒を見る教師の顔で、夏神の困惑顔を軽く睨《にら》む。

「何を寝言言ってんだよ。まずは張り紙、あとは、葬儀のときに、芳名帳を書いてもらったろ？　あと、弔電も。あれで、お礼がてらお知らせの手紙を出せばいいじゃん！」

「おお！　お前、天才やな」

思わず感心して手を打った夏神に、海里はますます呆《あき》れ顔になる。

「この場合は、夏神さんが凡才すぎる。……なあ、マジでやろうよ。船倉さんの心残りがなくなって、今度こそ無事に成仏してもらえるように。こないだの葬儀は、兄ちゃんと奈津さんに面倒を見てもらいすぎたけど、今回は、俺たちの手でやり遂げよう。出来るだろ？　やりたいだろ？」

波状攻撃のように問いを重ねられて、夏神は唇を引き結び、真剣な面持ちで考え込む。

「俺、手伝うよ」

「わたしもでございますよ！　この際、接客が気品溢《あふ》れる謎の英国紳士というのも、一日限りのサプライズということで、よろしいのではないでしょうか」

「……またお前、自画自賛かよ」

った。

「いえいえ、真実を謙虚に述べておりますよ」

「どの口が謙虚って⁉」

またしてもくだらない応酬を始めた主従をよそに、夏神は難しい顔で、再び厨房《ちゅうぼう》に入
った。

物言わぬ師匠の前に正座して、背筋を真っ直ぐ伸ばす。

そんな夏神の姿に、海里とロイドも言い合いをやめ、気をつけの姿勢になった。

「師匠。俺らの話、聞こえてはるんでしょうか。俺らには、師匠の気持ちがわからへんので、間違っとったらホンマに申し訳ないんですけど」

大真面目な口調でそう言った夏神は、それでもなお躊躇《ためら》ってから、毅然《きぜん》とした声でこう告げた。

「師匠が常連さんがたにお別れを言えるように、不肖の弟子ですけど、俺が一日だけ、『へんこ亭』最終日のコックをやらしてもろて、ええでしょうか。死ぬ気で務めます。力不足は重々承知ですけど、我慢したってもらえますでしょうか」

そんな問いかけにも、船倉は反応しない。

だが、夏神の腹は決まったようだった。

「もし、どないしてもアカン、それはワシの望みやないっちゅうことやったら、俺の夢枕に立って、この出来の悪い頭を、さっきみたいにガツンと冷やしたってください。そうやなかったら、やらしてもらいます。よろしゅう、お願いします」

そう宣言すると、夏神はタイル張りの床に両手を突き、師匠に深々と頭を下げた。

「よろしくお願いしますっ！」

海里とロイドも声を揃え、息のあった主従らしく、同じ角度で勢いよくお辞儀をした。


それから、一週間近く経った日の午後。

ガラッと引き戸を開ける音に、厨房でキャベツを千切りにしていた海里は、顔を上げず、手も止めずに声を掛けた。

「お帰り、夏神さん。早かったな」

だが、それに対して聞こえた声は、夏神のものではなかった。

「いらっしゃいませじゃねえのかよ」

「うぉ？」

そこで海里は、ようやく手を止め、声のしたほうを見る。

後ろ手で引き戸を閉めたのは、ヨレヨレのトレンチコートを着込んだ芦屋署の刑事、仁木涼彦だった。

「仁木さん！　今は準備中だから、いらっしゃいませはないよ。こんちは。ええと、ちょっと待って」

海里は急いで手を洗い、拭《ふ》いてから、カウンター越しに涼彦にきちんと感謝の言葉を口にした。

「こないだは、ホントにありがとう。仁木さんが来てくれて、すっげー心強かった」

「身元保証人の欄にサインしただけで、特に役には立ってねえけど」

「それがありがたかったんだって。休み、潰《つぶ》させちゃってゴメン。夏神さんも、次に店に来てくれたら、うんとご馳走《ちそう》するって言ってた」

それを聞いて、涼彦はいかにも夜勤明けといった感じの疎《まば》らなひげ面を片手で撫でながら、店内を見回した。

「ってことは、マスターもだいぶ元気になったのか？　あの日は酷《ひど》かったから、ちょっと気にしてたんだ。忙しくて、なかなか寄れなかったけど。今日はお前だけか？」

海里は、笑顔で頷いた。

「夏神さん、お通夜とお葬式をやってる間に落ち着いてさ。喪主として、ちゃんと挨拶もしてたよ。今は、目の前にでっかい試練があるから、緊張してるけど張り切ってる」

「試練？」

「うん、それ。今、封筒が足りなくなっちゃって、JRの駅前まで買いに行ってるけど。ロイドは、二階で何が嬉しいのかプリンターに張り付いて、ガンガン追加印刷中」

「封筒？　印刷？　何やってんだ、お前ら」

怪訝そうな顔でカウンターに近づいた涼彦は、カウンターに置いてあった淡い水色の便箋《びんせん》を一枚取り、そこに印刷された文面に目を通した。

「へえ。『洋食処《どころ》　へんこ亭』、一日限りのお別れ営業、か。つまり、マスターが師匠の代わりに料理を作るってことだな？　そりゃ、やり甲斐《がい》があるだろ。いつまでも腑《ふ》抜けちゃいられねえな」

「そういうこと。最近、店の準備と営業時間以外は、洋食の稽古《けいこ》をしてるみたいだ。俺たちが見ると気が散るって嫌がるから、何してんのかは知らないんだけど」

「ふうん……。あのマスターが洋食を作るところは、あんまり想像できねえけどな」

そう言った涼彦は、ふと海里に訊《たず》ねた。

「俺は料理は素人だけど、鰻《うなぎ》屋とか洋食屋ってのは、秘伝のタレとかデミグラスソースとかがあるんじゃねえのか？　こう、長年注ぎ足し注ぎ足し、みたいな奴」

「うん、だから、そこのそれ」

海里が指さしたほうには、これまでついぞこの店では見かけなかった、ピカピカに磨かれた大きな寸胴鍋《ずんどうなべ》が、コンロの上で静かに湯気を立てていた。

「ああ、さっきからやけにいい匂いがすると思ったら、それか！　じゃあ、デミグラスソースは……」

「それがさ、聞いてよ。お通夜の前、みんなが店の二階の生活スペースで、遺影になるような写真を探せって大騒ぎしてたとき、夏神さん、ひとりで下の厨房に行って、デミグラスソースを小分けの保存バッグに詰めては冷凍庫にしまい込んでたんだって。だから、腐らせずにレスキューできたんだ。注ぎ足し注ぎ足しの、オンリーワンのデミグラスだよ。今は、店で毎日、面倒みてる」

それを聞いて、涼彦は、遺族待合室での夏神の姿を思い出したのか、感心した様子で息を吐いた。

「はあ、さすが呆《ほう》けててもプロってことか」

「ほとんど無意識の行動だったらしいけどね。料理人の本能が、デミグラスソースだけは、いっぺん駄目にしたら二度と同じものは作れないから守らなきゃいけないって、夏神さんの身体を動かしたのかも」

「そうかもな。刑事だって、いざってときゃあ、身体が勝手に動くもんだからな」

「……仁木さんのいざってときは、マジでヤバイじゃん。俺、事件現場に居あわせたあの日以来、今でもたまーに怖い夢見るぞ」

「そりゃ、悪かったな。けど、無理矢理付いてきたのはお前だし。さて、マスターを待つのもあれだな。ご馳走してもらうのを楽しみにしてるって、お前から伝えてくれ」

そう言って出て行こうとした涼彦は、ふと何かを思い出したらしく、クルリと方向転換した。

「そうだ、もう一つ、お前にばらしとくことがあるんだった」

「ばらす？　俺に？」

不思議そうに自分を指さす海里に、涼彦はちょっと人の悪いニヤニヤ笑いを浮かべ、こう言った。

「司法解剖があった日の帰りな、つきあってくれたお礼にって、一憲と嫁さんが、食事に誘ってくれたんだ。そんときに……」

「そんときに？　兄ちゃん、俺に仕事をぶった切られて、ホントは怒ってた、とか？」

海里はゴクリと生唾《なまつば》を飲む。

だが、涼彦は笑顔のままでかぶりを振った。

「その逆だ。滅茶苦茶喜んでたぞ」

「は？　面倒掛けまくったのに？」

「おう。ビールを飲みながら、『海里の奴、誰よりも先に俺に頼ってきたんだぞ』って自慢たらたらで、こっちはイラッと……おっと、人が死んだのに不謹慎か、この話題」

「いやいやいや！　それはそれ、これはこれだから。全然、不謹慎とかじゃないから。兄ちゃん、そんなに……？」

呆気《あっけ》にとられる海里に、涼彦はそうだともと言わんばかりに、数回、軽く頷《うなず》いてみせる。

「マジかよ。兄ちゃんがあんなに助けてくれて、嬉《うれ》しかったのは俺のほうなのに」

「兄貴は兄貴で、弟に頼られるのが生き甲斐なんだろ。これまで、反発されるのが仕事みたいな感じだったらしいしな。今頃になって、全然懐かなかった小犬がついにデレた飼い主の気分を、満喫してるんじゃねえの？」

「うッ……」

痛いところを見事にザクリと突かれて、海里は気まずげな顔をする。

「いいじゃねえか、災い転じて福と成す、って奴だ。こっちは、妬《や》けるばっかしだけどな」

何しろ、高校時代から一憲に密《ひそ》かな片想いをし続けて、既に二十年の涼彦である。まんざら冗談でもない口調で最後のひと言を付け加えると、「じゃあな」と片手を軽く上げ、今度こそ出て行ってしまった。

「災い転じて福と成す、かあ」

涼彦の残した言葉を口の中で繰り返し、海里は背後のデミグラスソースがなみなみと満たされた寸胴鍋を振り返った。

船倉の幽霊は、今も誰もいない店の厨房《ちゅうぼう》に座り、来週末の「お別れ営業」の日を待ちわびているはずだ。

彼の死は、災いというより、夏神にとっては大きすぎる喪失であり、悲しみでもある。

しかし、師匠のため、師匠に代わって鍋を振る洋食屋のコックとしての一日が、夏神にとって、将来に繋《つな》がる「福」になればいいと、海里は心から願った。

「そのためには、俺とロイドも頑張らなきゃな」

そう言いながら、海里は、チラッとまな板の脇に置いた密封容器に視線を向けた。

容器の中には、グラッセを作るときの定番の形、シャトー切りにした人参がゴロゴロと入っている。だが、大きさも面取りの角度も、実に不揃いだ。

それをしげしげと眺め、海里は深く嘆息した。

実は、夏神がひとりで洋食のトレーニングを重ねている一方、海里もまた、密かにインターネットで「へんこ亭」の料理の画像を集め、付け合わせの野菜の切り方を練習していたのだった。

船倉は、人参グラッセは美しく姿の揃ったシャトー型にしていたが、簡単そうに見えて、やってみると意外に難しい。これでも最初の頃よりは、かなり上達したのである。

おかげで、まかないには練習台にした根菜を多用する羽目になっているが、それも、特別な一日を悔いなく過ごすための、海里自身のための努力でもある。

「あとで、もっぺん動画を見て、イメトレしようっと」

そう呟《つぶや》いて、海里は密封容器の蓋《ふた》を閉め、冷蔵庫にしまいこんでから、キャベツの千切り作業を再開した。

＊　　＊

そして、いよいよ「洋食処　へんこ亭」のお別れ営業の日がやってきた。

夏神と海里、ロイドは、「へんこ亭」にいた。

やはり、仕込みはその店の厨房でやらないと、船倉と同じ味に近づけることが難しい、それに、準備段階からきちんと船倉に見てほしい。

食材の下ごしらえも、客席の準備も、漏れがないようにやりたい。

そんな夏神の想いを汲《く》んで、三人は前日の朝からここに来て、何回かの休息や仮眠を挟みながらも、徹夜で準備を続けていた。

勿論《もちろん》、厨房の片隅に置いた木製の古ぼけたスツールには、コック服姿の船倉和夫の幽霊が、どっかと座ったままだ。

最初に彼の幽霊を見た日と明らかに違うのは、海里たちが仕込みを始めた途端、ずっと虚《うつ》ろな顔で俯《うつむ》いて座り続けていた船倉が、顔を上げたことだった。

相変わらず何も言わないし、瞬《まばた》き一つしないのだが、明らかに……幽霊にその表現を使うのは奇妙だが、じゃがいものようなごつい顔は引き締まり、カッと見開いた目には生気が戻ってきたようにさえ見える。

最初、海里はそんな船倉の幽霊が気になって仕方がなかった。

校長先生にずっと教室の後ろで授業を監視されている小学生のような気分で、何をするにも船倉をチラチラ見てしまい、横を通り過ぎるときにはビクついてしまう。

だが、それも最初の内だけだった。

人間とは、恐ろしいことに、たいていのことには慣れてしまう生き物であるらしい。

忙しいなら、なおさらだ。

準備を始めて三時間後にはもう、「ちょーっと失礼しまーっす」と声はかけるものの、船倉の実体のない身体に軽く被《かぶ》る形で横を通ることすら、海里は平気になってしまっていた。

今も、船倉は三人の作業を監視するように座り続けているが、それは「監視」ではなく、厳しく見守られているのだと、海里は感じていた。

「生活する人がいなくなると、住まいは驚くほど急速に衰えるというのは本当でございますなあ。この家も、ようやくご機嫌を直してくれたようですよ」

エプロン姿で、ワイシャツの袖《そで》を肘《ひじ》までまくり上げたロイドは、ふう、と額の汗を拭《ぬぐ》う仕草をしてみせた。

わざとらしい「頑張っているアピール」だが、人手が足りないため、客席の準備はすべてロイドに丸投げになってしまっている現状がある。

今日に限っては、海里も素直にロイドを褒めた。

「おう、どうにか恰好《かっこう》がついたな。いいじゃん、船倉さんが生きてた頃にここに来たときと同じ印象になってる。やるな！」

「さようでございましょう？　やはり、元気や輝きを失った建物に再び力を与えるのは、これでございますよ」

そう言ってロイドがテーブルの上から取り上げたのは、吹きガラスの極小サイズの花瓶だった。

「おっ、可愛いな、それ、なんて花？」

玩具《おもちゃ》のような花瓶から、ごくごく小さな純白の花が一輪、ぴょこんと飛び出している。

「名前は残念ながら存じません。お花屋さんで見て、可愛いと思ったものですから」

「よく、花にまで気が回ったな」

「ふふ、昨日、ここに参りましたとき、掃除をしていて、枯れて干涸《から》びた花に気付きました。どうやら船倉様は、各テーブルにこれを置き、お花を生けておられたようです。そこもしっかり再現しなくてはと思いまして」

包丁を動かしながら、なんとはなしに二人の会話を聞いていた夏神は、ハッとして手を止めた。

ロイドが指先でつまんでいる花瓶と花を、夏神の大きな瞳《ひとみ》は懐かしそうに見た。

「おう、それなあ。俺が来た頃は師匠が、途中からは俺が、ほんで俺がおらんようになってからはまた師匠が、ずーっと、その花瓶に似合う、小さな小さな花を生けてきたんや。『ちょっとした晴れの日には、ちょっとした花が似合いやろ』て、いつも言うてはった」

「ちょっとした晴れの日？」

さんざん練習した人参のシャトー切りを続けていた海里は、その言葉に興味を惹《ひ》かれ、眠そうな目を夏神に向けた。

「せや」

夏神は、さっき、船倉がずっと贔屓《ひいき》にしていた鮮魚店が届けてくれた発泡スチロールの大きな箱を調理台に置き、蓋を開けた。

「あ、魚！　見る」

海里は、夏神の元に軽く駆け寄った。ロイドも客席からやってきて、箱の中身を覗き込み、箱の中身を覗《のぞ》き込み、「おお!」と歓声を上げる。

「すげえ。こんな立派な食材、初めて見た」

海里は、度肝を抜かれて口をあんぐり開けたままだ。

大きな、いわゆる「トロ箱」の中には、見るからに新鮮な魚介類が姿のまま、氷と共にぎっしりと詰め込まれていた。

「これは、鯛《たい》だろ? で、ホタテ、蛤《はまぐり》、アサリ、シタビラメ……は、わかる。あとこれ! 伊勢《いせ》エビじゃん! すっげええええ。あとはわかんねえ」

「その段階で、もう間違っとるわ。それはロブスターや。よう見てみい。ハサミがあるやろ。さすがに街中の洋食屋では、伊勢エビは高《たこ》うて使えん。せやから、『ちょっとした晴れの日』なんや」

冷静に指摘しながら、夏神はそんなことを言う。海里は、「おお!」と手を打った。

「そういや、伊勢エビよりザリガニっぽい」

「ザリガニの仲間やからな」

「そうなの!? 俺、東京でスポンサーさんに飯を奢《おご》ってもらうとき、ロブスターとか言われたら超リッチって喜んでたのに! ザリガニかよ!」

変なところでショックを受ける海里に、夏神は可笑《おか》しそうに言い返した。

「ええやないか、高級ザリガニや。っちゅうか、北欧では、ザリガニを食うんやで?」

「おう。山の様にザリガニを食う日があるんやて。特別な帽子を被って、特別な歌を歌《うと》うて、一日じゅう、ザリガニを食い続けるらしい」

「なんかそれ、ちょっとヤバイ宗教っぽくね？　ザリガニ教？」

「なんぼ何でも、教祖をもりもり食うたらアカンやろ」

そんな他愛ない会話をしながら、夏神は大きな鯛の尻尾《しっぽ》を摑《つか》み、箱から取り出した。

シンクで鱗《うろこ》を引き、内臓とエラを取り除いてから、下ろし始める。

その鮮やかな手つきを見ながら、海里はいったん閉めた蓋を持ち上げ、中を覗きながら夏神に問いかけた。

「夏神さん、この鯛みたいだけどシルエットが違う……頭がボーンと出てて、胴体が意外としゅーっとしてる魚は何？」

「甘鯛《あまだい》や。鱗をつけたままムニエルにすると、めっちゃ旨《うま》い」

「鱗をつけたまま？　大丈夫？　シャリシャリしない？」

夏神は笑いながらかぶりを振った。

「甘鯛は鱗が薄いんや。せやから、火を通したら鱗がスナック菓子みたいにぱりぱりになって、立ち上がる。見た目も綺麗《きれい》やし、ええ歯触りになるっちゅうわけや」

「へええ」

「甘鯛は高い魚やからな。定食屋では使われへん。せやから、お前が初めて見る食材なんは、無理もあれへんな。……ああ、そろそろあくを掬《すく》ってくれ」

「はいっ」

海里はトロ箱の蓋を閉め、レードルを手に、寸胴鍋《ずんどうなべ》の前に立った。

寸胴鍋は二つあり、一つは店から再び連れてきた船倉自慢のデミグラスソース、そしてもう一つは、昨日から鶏《とり》ガラと香味野菜をことこと煮込んだチキンストックである。

とろ火でゆっくり煮たストックは黄金色で、僅《わず》かに残した鶏の油分が、液面で宝石のように光っている。

美味《おい》しいストックを無駄にしないよう、できるだけあくだけを薄く掬い取る作業をしながら、海里は夏神に訊《たず》ねた。

「それが、『ちょっとした晴れの日』ってこと？　すっげー高級食材は使えないけど、そこそこ豪華な食材だよね、その中にある奴。ホタテも、店なら冷凍の貝柱を仕入れるけど、その中にあった奴は殻付きだし、まだ生きてんだろ？」

夏神は、海里の推測をあっさり肯定した。

「せや。こないだ、メニュー見たやろ。ここの料理は決して安うない。かと言うて、目ん玉と一緒に諭吉《ゆきち》が飛び出すような、超高級店でもあれへん」

「……だな」

千円台、二千円台の料理がひたすら並んでいたメニューを思い出し、海里は頷《うなず》いて同意する。

「ここは、お客さんが『今夜はちょっとええもん食おうか』って思いついたとき、足を向けられる店であってほしい。師匠はそう言うてはった」

「ちょっといいもの食べたいとき……誕生日とか？」

夏神は、少し瘦《や》せた頰に浮かぶ笑みを深くした。

「おう。誕生日、結婚記念日、入学祝い、競馬で勝った祝い、宝くじが当たった祝い、それか、大学生の意を決したデート、見合い……。下町の洋食屋っちゅうんは、小さな慶《よろこ》びの日やら、記念日を祝う場所やねん」

話をしながらも、夏神の包丁は、サリサリと小気味いい音を立てながら、鯛の身と骨を切り離していく。

半身はそのままで、もう半分はムニエル用に切り分けてきっちりバットに並べた夏神は、オーブントレイを持って来てベーキングシートを敷き、その上に鯛のアラを並べ始めた。

海里は人参と、夏神から贈られた愛用のペティナイフを持ったまま、横に立つ夏神の手元を覗き込む。

「骨、何かに使うの？」

「他の魚のアラと合わせて、からっと焼いて臭みを抜いて、魚の出汁《だし》を取るんや」

「魚の出汁！　正月の、うちの実家の雑煮みたいだな。焼いた鯛で出汁を取って作るんだ。洋食屋でも、あの出汁使うの？」

驚く海里に、夏神はニッと笑った。

「同じこっちゃ。ただし、洋食屋では、その出汁は『フュメ・ド・ポワソン』っちゅうねんけどな。タマネギとニンニク、それにハーブと一緒にサッと煮る。まあ、和食の出汁の兄弟分みたいなもんや」

「へええ……。つか、『フュメ・ド・ポワソン』ってフランス語だよな。ぷぷっ。夏神さんにフランス語、似合わねえ」

「うるさいわ、ボケ！　はよ、野菜をやっつけてまえ。やることはナンボでもあんねんぞ」

「はーい」

海里は間の抜けた返事をしながらも、調理台に戻り、下ごしらえ作業を再開しようとする。

そんな海里の耳に、夏神がボソリと一言発した声が届いた。

「人参、上手《うま》いこと切れとる。……練習してくれとったんやな。おおきに」

「……任せろ！」

密《ひそ》やかな努力が報われた瞬間に、海里の身体の中で、喜びと達成感が小さく爆発する。

海里はエプロンの胸をぱんと平手で叩《たた》いて、さらに張り切って作業を続けた。

やがて、午前十一時半の開店時刻が近づいてきた。

準備は滞りなく終わり、あとは客を迎え入れるだけだ。

階段を降りてくる重量感ある足音に、海里とロイドは揃ってそちらを見る。

姿を現したのは、着替えを済ませた夏神だった。

「わお！」

海里は短い口笛を吹き、ロイドは猿の玩具《おもちゃ》のように元気よく手を叩く。

夏神は、海里たちが初めて見る、純白のコック服を身につけていた。

黒いトラウザーズの上からは、足首まである白いエプロンを身につけ、首には赤いスカーフを巻いて、まさに絵に描いたような「洋食屋のコックさん」である。

「どうや？　ここで働いとるとき以来、袖《そで》を通してなかったんやけど」

大いに照れた顔で、夏神は両腕を中途半端に広げ、きまらないポーズを取ってみせる。

「お似合いでございます！　馬子にも衣装とはこのこと！」

「おい！　それは純度二百五十パーセント失礼だから！」

ロイドを叱りつけてから、海里は夏神にサムズアップしてみせた。

「すっげーいい！　でも、頭は？　どうせなら、コック帽かぶればいいのに」

だが夏神は、うなじで結んだ髪をいつものようにバンダナ……ただし今日は純白のそれで覆いながら、小さくかぶりを振った。

「いや。この店でコック帽を被《かぶ》ってええんは、師匠だけや。今も被ってはる」

言われてみれば、船倉の服装は、生前とまったく同じ、コック服に、ふっくらした形のコック帽である。

「なるほど、一つの店に、シェフは二人いらねえってか」

納得した海里は、ポケットから出した手鏡を調理台の上に立て、それで自分の姿を映しながら、服装のチェックをした。

さすがに、一日だけの営業のために海里用のコック服を用意するのはあまりにも勿体《もったい》ないし、夏神の予備では大きすぎ、船倉のものでは小さすぎる。

それで、白いワイシャツと黒いトラウザーズに白いエプロンという、即席のギャルソンスタイルで切り抜けることにしたのである。

ロイドも、主《あるじ》に倣い、こちらはイメージするだけで同様の服装になり、すっかり支度が整った涼しい顔をしている。

「さて、あと一分か。準備はええか？」

夏神に問われ、海里とロイドは、揃って頷いた。

「任せろ！　午後九時までの通し営業、踏ん張って行こうぜ！」

「おー！」

どこで覚えたものか、海里の気合いに、ロイドは右の拳《こぶし》を元気よく突き上げる。

「お、おう……。それ、俺がやりたかってんけどなあ……」

何となく勢いに乗り損ねて小さく拳を上げた夏神は、彫像のように座り続ける師匠に身体ごと向き直り、「よろしゅうお願いします」と、深く一礼した。

そこからは、まさに目が回るような忙しさだった。

一応、慣れないオペレーションの負担を軽減すべく、事前に予約を取っていたのだが、既にそれで、すべての座席が閉店まで満席という状態だった。

だが、客のほうは、何しろこれが最後の営業、しかもたった一日きりのチャンスとあって、遠慮なしに押しかけてくる。

いくらでも待つ、予約と予約の間のわずかな隙間でもいい、五分で食べる……そんな風に熱心に食い下がられては、ありがたくてとても無下に断ることなどできない。

予約客のほうも、外に行列を作る他の客たちに配慮して、食べ終わるとすぐに席を立ってくれた。

そんなわけで、客席の回転は当初の予定よりよく、その分、接客も調理も、限界を超えた殺人的な忙しさとなった。

予想外だったのは、接客を担当するロイドの八面六臂《ろっぴ》の活躍ぶりだった。

海里が野菜を切る練習をしている傍らで、ロイドは海里が買ったタブレットを抱え、レストランの接客技術を教える動画を熱心に見ていた。

雰囲気を摑《つか》む程度の勉強だと思っていたら、どうやら、かなり本気で色々な知識を吸収していたらしい。

客を出迎えるときのエレガントなお辞儀や、席への誘導の仕方、水を注ぐ仕草に、料理を置く動作、あるいは世間話に礼儀正しく短く答えるテクニック……すべてがスムーズで、何やらお洒落《しゃれ》ですらある。

「えらい頑張っとるやないか」

フライパンを振りながら感嘆の声を上げる夏神に、調理補助、会計、それに洗い物や料理の説明と、こちらも臨機応変にオールラウンダーを務めている海里も、驚きを隠さず同意した。

「確かに。船倉さんは、夏神さんがいなくなってから、調理と接客、ひとりでやってたんだろ？　接客はシンプルでいいよって言ったのに、あいつ、『英国紳士のおもてなしを！』とかって意気込んでてさ。聞き流してたけど、マジでガチだったな」

「張り切りすぎて、途中で眼鏡に戻ってしまわんとええけど……頼むで、イガ」

「や、俺が魔力を供給してるとか、そういうことじゃねえから！　励ますなら、俺じゃなくあいつにしてくれよ！」

そんな二人の心配をよそに、ロイドは疲れ知らずの笑顔で、やってくる客たちをもてなし続けた。

言うまでもなく夏神は、船倉の幽霊に背中を向ける状態で、ずっと料理に専念していた。

洗い物が間に合わないので、調理器具だけは自分で洗うが、他のことは何もせず、フライパンを三枚、いっせいに操りながら、同時にオーブンやグリドルを駆使して、客たちが心に決めた「最後の一皿」を、心を込めて作り続ける。

海里は最初、メニューすべてを扱うのは大変だから、品数を絞ってはどうかと夏神に提案した。そのほうが、無駄になる食材も少ないだろうと考えたのだ。

だが、「ホンマはそのほうがええんやろうけど」と前置きしつつも、夏神はそれを却下した。

「無茶でも、メニューに書かれたもんを、全部作れるようにしときたいんや。お客さんひとりひとりに、この店の最後の日に食べたい『特別な一皿』があるはずや。今日は作られへんって言うて、ガッカリさせとうない。それこそ、師匠が心残りで成仏できへんやろ」

そう言われては、海里も引き下がらざるを得なかった。

そして今、有言実行とはこのことかと溜《た》め息が出るほど、夏神の手際は凄《すさ》まじい。

表面に焼き色をつけたハンバーグを小さなフライパンごとオーブンに入れたかと思うと、やわらかなベシャメルソースで覆ったヒラメの白身をグリドルに滑り込ませ、表面に振りかけたチーズだけに軽い焦げ目をつける。

振り返りざまに、あらかじめ煮込んであったビーフシチューを温め直して茹《ゆ》で野菜を添え、チキンキエフをフライパンの上で引っ繰り返し、焼き上がった豚ロース肉を洋食屋らしくフランベし、生姜《しょうが》ソースを振りかける。

最後にクレソンかパセリを添え、次々と料理が生み出されていく。

「すげえ……。夏神さん、立派に洋食屋のコックじゃん」

海里は、僅《わず》かな空き時間に慌ただしく食器を洗いながら、夏神の働きに息を呑《の》む思いだった。

勿論《もちろん》、洋食屋が定食屋より格上だとか、そういうカースト的な発想はない。

だが、料理人なら、より上質の食材を使い、手の込んだ、贅沢《ぜいたく》な料理を作ってみたいと願うものではないのだろうか。

夏神が、こんなに立派な洋食屋の跡継ぎを断り、古ぼけた民家の小さな厨房《ちゅうぼう》でささやかな定食屋を経営することにしたのは、いったい何故なのだろう。

考え事をしている場合ではないのだが、海里は不思議に思わずにはいられなかった。

だが、そうこうしている間にも、夏神は次々に料理を仕上げ、海里にそれを知らせる。

「三番、ローストビーフ、ロールキャベツ、マカロニグラタン、上がりました！」

「かしこまりましたっ」

いかにも元芸能人らしい「いい声」で返事をして、海里は出来たての旨《うま》そうな料理を目と鼻でしか味わえない拷問に耐え、客席で待ちかまえる客たちのもとへ、笑顔で皿を運んだ。

やがて、午後十時過ぎ。

「ありがとうございました！　どうぞ、お元気で！」

最後の最後まで飛び込みの客が相次ぎ、結局、誰ひとり断ることなく料理を出した夏神たちは、ついに最後の一組を見送ることとなった。

厨房からずっと離れられなかった夏神も、ようやく客席に出てきて、ロイドと海里と共に、外まで客を見送る。

温かな労《いたわ》りと感謝の言葉を残し、名残惜しそうに何度も振り返りながら去っていく客を並んで見送りながら、海里は夏神に低く呼びかけた。

「夏神さん、横」

「あ?」

海里の目配せするほうを見た夏神は、ビクッと身を震わせた。

いつの間にか、厨房のスツールからまったく動かなかった船倉が、音もなく夏神の隣に立ち、腿《もも》に手を当てて腰を屈《かが》める独特の姿勢で、最後の客に深々とお辞儀をしていたのである。

「師匠……」

最初は驚いていた夏神の頬が、ゆっくりと緩んでいく。

曲がり角の向こうへ消えていく客に最後まで手を振ってから、海里とロイドも、船倉を見た。

「船倉さん、希望どおり、常連さんたちにお礼が言えたね」

「ずいぶんたくさんのお客様が、お越しになりましたからねえ。嬉《うれ》しそうにしておいでした」

ロイドのしみじみとした一言に、夏神と海里は頷《うなず》く。

準備のときはカッと目を見開いていた船倉だが、客たちの「美味《おい》しい！」という言葉、あるいは自分を悼み、店と別れる寂しさを語る言葉を聞くたび、微《かす》かではあるがコック帽を前後に揺らしていたことを、彼らは見逃さなかった。

船倉は、ひとりひとりの馴染《なじ》み客に、ちゃんとお別れの挨拶《あいさつ》をしていたのだ。

海里は、まだ頭を上げない船倉を見て、ロイドに囁《ささや》いた。

「なあ。思いを遂げたら、やっぱ消えちまうのかな、船倉さん」

ロイドは満面の笑みで頷く。

「それはそうでございましょう。心残りが解消されれば、塵《ちり》に返るのが死者の幸いというものでございますよ？」

「それはそうだけど、夏神さんが寂しいだろうなって」

それを聞き逃さず、夏神は疲れ果てた顔で、それでも海里の頭に温かな手を乗せる。

「寂しいんはどうしようもないけど、師匠が成仏できんまま、この家を引き払うわけにいかんやろ。消えてもろたら、俺も安心できる」

そんな弟子の声に呼応するように、深く頭を下げたままの姿勢で、船倉の姿は徐々に薄くなっていった。

真冬の夜風に吹かれ、本当に塵になって四散するかのように、コック帽が、丸っこい身体が、コック服が闇に飲み込まれていく。

それを三人は、無言で見送った。

ガタン、ガタン、ガタン……。

すぐ近くを通る近鉄電車の走行音が遠ざかるのとほぼ同時に、まるで最初からいなかったかのように、船倉の姿は消え去っていた。

夏神は、両腕をダラリと垂れ、灰色の雲が浮かぶ夜空を見上げた。

「終わったな……」

海里も、ひとときも緩むことのなかった緊張でガチガチに固まった首と肩をほぐすように、両腕をぐるぐる回しながら頷いた。

「やってよかったな、夏神さん。……けど、俺、芸能人だった頃も、こんなに働いたことないぞ。飯どころか、つまみ食いする暇もなかったもん。ずーっと旨いもんを見続けて、匂いを嗅《か》ぎ続けて、運び続けて、それなのに一口も食えてないんだよ、夏神さんの洋食！」

そんな不満に、ロイドもすぐさま同調する。

「それは、わたしも思っておりましたよ！　特にあの、ステンレスの脚付きの素敵な器に載せられた、カスタードプリン……！　バニラビーンズの香りはかぐわしく、カラメルソースは艶《つや》やかで、上に控えめに絞り出された生クリームと、その上にちょんと載った赤いサクランボのコントラストが……」

「うわ、やめろ！　今ので、胃が壮絶に切ないことになったじゃねえかよ！」

あまりに忙しくて、開店前にまかないを作って食べる暇すらなかった。

おかげで、昨夜《ゆうべ》遅くにインスタントラーメンを食べて以来、水しか飲んでいない有様である。

海里は、本当に切羽詰まった顔で、みぞおちを押さえて呻《うめ》く。

夏神は、笑いながら、そんな海里の背中をポンと叩《たた》いた。

「わかっとる。幸い、食材も少し残っとるやろ。作れるもんやったら、作ったるで」

「マジで！」

「本当でございますか!?　では是非、カスタードプリンを！」

「……冷やす時間があれへんけど、それでよかったら」

「やった、でございます！」

ロイドは、渾身《こんしん》のガッツポーズを見せる。夏神は、ようやく緊張感から解き放たれたおかげで、やけに陽気に海里に問いかけた。

「お前は？　何食いたい？　ロブスター、一尾だけ余ったから、あれ食うてもええぞ。特別や」

「マジで！　あ、でもやっぱ、メニュー見ながらじっくり考える」

「よっしゃよっしゃ。ほな、中に入ろか。いつまでも往来で喋《しゃべ》っとったら、近所迷惑になるやろ」

「はーい」

子供のように声を揃えて返事をして、三人は疲労を上回る充足感を噛《か》みしめながら、店に戻ることにした。

だが……。

扉を開ける寸前、ロイドが「おや？」と首を傾げたのに気付かず、そのまま勢いよく店内に入った夏神と海里は、今度は二人揃って「ギャーッ！」と悲鳴を上げ、そのままヘナヘナと床に頽《くずお》れた。

二人の視線の先では、消えたはずの船倉の幽霊が、何故か再びくだんのスツールに腰掛け、厳《いか》めしい表情で二人を睨《にら》んでいた……。

「なんでや……なんでやねん」

同じパターンで、二度までも腰が砕けた夏神は、もはや半泣きの体だった。

無理もない。さっき、この上ない達成感と安堵《あんど》感に包まれた直後の、この展開である。

その横で、何だか女子のような足の開き方で座り込んでしまった海里も、悲鳴のような声を上げた。

「ちょ、無事に成仏して消えたんじゃなかったのかよぉ。もしかして、俺たちのこれまでの努力、全然的外れだった……？」

「そういうことなんか⁉　師匠は、常連さんへの挨拶ができへんかったんが、心残りなんと違《ちご》うたんか？　せやけど、さっき……」

「いいえ、お二方とも、しっかりなさってください。船倉様は、確かに心残りの一つを解消なされましたよ」

ただひとり落ち着き払ったロイドは、静かに二人を窘《たしな》めた。その言葉を聞き咎《とが》め、海里は尖《とが》った声を上げる。

「……一つ？　どういう意味だよ！」

するとロイドは、やれやれと言うように、常識を語る口調でこう言った。

「お客様がたをご覧になる船倉様の嬉しそうなお顔を、覚えておいででしょう。お二方のなさったことは、間違いなく船倉様がお望みのことでした」

「だったら」

「ですが、船倉様はお店に戻り、こうして厨房《ちゅうぼう》で再び座っておられる。つまり、まだお心残りがある、ということです。死者がこの世に留《とど》まる理由は、一つとは限りませんよ？」

理路整然と説かれて、夏神と海里は半べそ顔を見合わせた。

確かに、ロイドの言うことには一理ある。

しかし二人とも、船倉に他にどんな「心残り」があるのか、考える体力気力がもはやろくすっぽ残っていない状態だ。

「この上、何があるってんだよ、ったくもう！」

派手に嘆きながらも、ここで座っていても仕方がないと気を取り直し、海里はゆっくりと立ち上がった。

まだ終わりではないと悟り、夏神も絶望に似た感情を精悍《せいかん》な顔に過《よぎ》らせながらも、どうにか腰を上げる。

すると、船倉の幽霊は、夏神のほうへ顔を巡らせた。

幽霊特有の、濁ったような虚《うつ》ろな目が、今は確かな意思の光を帯び、夏神の顔を見据えている。

「し……師匠……？」

生前と寸分違《たが》わぬ、鋭い船倉の視線に射貫《いぬ》かれ、夏神は思わずよろめいた。

「俺、ですか……？」

そのとおりと言うように、ロイドは夏神の広い背中をそっと厨房のほうへ押しやる。

そして、ついていこうとした海里には、小さくかぶりを振ってみせた。

「何だよ。こっから先は、俺の出番じゃないってのか？」

海里は不満げにロイドを睨んだが、ロイドはいつものように冗談めかして答えることはしなかった。ただ、黙って首を横に振る。

「マジで、そうなのかよ」

海里は、悔しそうな顔で、唇を嚙みしめた。

そんな海里に、口角をほんのわずかに上げてみせ、夏神はひとり、ゆっくりと厨房に戻った。

仁王のような厳しい形相の船倉の前に立ち、夏神は狼狽《ろうばい》を隠さず問いかけた。

「師匠、師匠の心残りて、いったい何なんですか？　教えてください。俺は、俺の全力を尽くしました。この上、何をしたら……」

ガシャン！

そのとき、壁にかかっていたフライパンが一枚、フックが壊れてもいないのに、突然調理台の上に落ち、大きな音を立てた。

ビックリして、海里もロイドもピョンと飛び上がる。

だが夏神は、他の二人のように驚かなかった。落ちたフライパンを両手で優しく取り上げ、じっと見つめる。

よほど使い込まれたものなのか、黒光りするフライパンは、底や縁が僅《わず》かに波打ち、変形してしまっていた。

(そういえば夏神さん、あのフライパンだけ、テコでも使わなかったな。わざわざ他のフライパンを洗って、使ってたっけ。あれがいちばん古いから？　それとも、何か他の理由があるんだろうか)

海里は不思議に思いながらも、師弟の様子を呑《の》んで見守る。

フライパンを見つめる夏神の顔から、戸惑いと絶望が拭《ぬぐ》ったように消えた。

入れ替わりにやってきた再びの緊張が、夏神の頰の筋肉をグッと引き締める。

船倉の幽霊を真っ直ぐ見つめ返して、夏神は低い声で一言発した。

「卒業試験、ですか」

船倉の肉付きのいい顎《あご》が、小さく上下する。

「卒業試験？　何それ？」

厨房には入れず、カウンター越しではあるが、海里はもどかしそうに問いかける。

夏神は、フライパンを大事そうに抱えたまま答えた。

「これは、師匠専用のフライパンなんや。長いこと使い込んで、脂や色んな料理の味が染み込んだ、とびきりの料理が作れる特別なフライパンや。俺には、これを使うことどころか、洗うことも許してくれへんかった。触ってええのは、師匠だけやったんや」

見たところ、ただのボコボコのフライパンだけど……というデリカシーのない一言をぐっと飲み込み、海里は質問のほうを口にした。

「そのフライパンが、『卒業試験』に関係あんの？」

夏神は頷《うなず》くと、フライパンを大事そうにコンロの上に置いた。

「俺が独立さしてもろたとき、オープン前日、いっぺんだけ師匠が店に来てくれはったんや。そんときに言われた。『まだ、お前を一人前の料理人とは呼べへん。腕を磨いて、店を育てろ。いつか、胸を張ってワシに食わせる料理が作れるようになったら、戻ってこい。そん時は、ワシのフライパンを使《こ》うて卒業試験や。合格したら、そのフライパンを譲ったる。晴れて弟子も卒業や』ってな」

「わお。ガチの卒業試験じゃん！」

「おう。けど、正直、俺はずっと師匠の弟子でいたかった。せやから、卒業試験なんぞ、一生受けんでええわと思うとった。アホやな。師匠がいつか死んでまうなんてこと、想像もせえへんかったんや。引退かて、俺にとっては相当にショックやったんやから」

正直な気持ちを吐露して、夏神は、一つ大きく深呼吸した。

「せやけど……そうか。俺がいつまでも独り立ちせえへんことが、今、師匠の心残りなんですね。ほんで、今日一日の俺の働きを見て、卒業試験を受ける資格ができた、そう思うてくれはったんですね？」

船倉は、また小さく頷く。

夏神は、両の拳《こぶし》を握りしめ、しばらく無言で立ち尽くす。

海里は心配になって、夏神に話しかけた。

「夏神さん、卒業試験、今、受けんの？　だけど師匠に食べさせたい料理、決まってんのかよ？　あんまり、話が急だよな」

「それは、最初から決まっとった」

夏神は、躊躇《ちゅうちょ》なく答えた。海里は、ホッと胸を撫《な》で下ろす。

「じゃあ、それを今から作ればいいのか。ちなみに、何？」

「俺が、師匠に初めて食わしてもらった料理や」

「だからそれって……何？」

「オムレツライス」

「マジで！　因縁の料理じゃん」

海里はビックリして目を見張った。

ここで生前の船倉と会ったとき、話題に出たメニューだったからだ。

残念ながら、そのときは腱鞘炎《けんしょうえん》の悪化を理由に、船倉はオムレツライスを作ってはくれなかった。

そのせいで余計にイメージばかりが大きく膨らんで、思い出すだけで海里の口の中には唾《つば》が湧いてくる。

「ほな、これから作らして貰《もら》います。よろしゅうお願いします」

船倉に一礼すると、夏神は丁寧に手を洗った。

冷蔵庫から取りだしたのは、使い残しの鶏《とり》もも肉である。

サーモンピンクの綺麗《きれい》な肉から皮を外し、小さなダイス状に切り分けながら、夏神は海里に話しかけた。

「俺、この店に来る前、ヤクザの三下のその下で、金の回収をやらされとったって言うたやろ？」

海里は、電車の中での夏神との会話を思い出し、頷く。

「うん、金の回収っていうか、借金の取り立てだろ？」

すると夏神は、さらにこんなことを言い出した。

「せや。けど、何で命の危機に陥ったかは言うてへんかったわな。……俺な、取り立てて回収した金を、落としてしもたんや」

意外過ぎる展開に、海里は思わず素っ頓狂《とんきょう》な声を上げた。

「……はあ!?　何それ、キング・オブ・ドジッ子だな！」

真っ向から貶《けな》されて、夏神はさすがに嫌そうな顔つきになる。

「ドジッ子はないやろ。ホンマんとこ、それは方便やったんや」

「方便？」

「その日、取り立てに押し込んだ先におったんが、俺の死んだ両親と同年代の夫婦でなあ」

「あ……」

「詐欺商法に引っかかって、老後のための貯金がパーになってしもて、生活に困って悪い筋から金借りて、法外な利子を返されへんようになって……。そんな話を聞いてしもたら、有り金を根こそぎむしり取った挙げ句、足りん分を補うために、さらにたちの悪い金貸しを紹介する。そんなお決まりの手順、可哀想で踏まれへんやろ。せやから」

「取り立てをせずに、自分がお金を落としたことにして、事態をうやむやにしようとしたわけ？」

「おう」

「ばっかじゃないの！　ヤクザがそんなことで許してくれっかよ？」

「せやから、ボコボコにされたんやないか。まずは、三下にタコ殴りにされたわ」

憤慨しつつも鶏肉を切り終わった夏神は、これまでは触れることさえ許されなかった師匠のフライパンを火にかけた。

まずは鶏肉をじっくり炒《いた》めながら、タマネギとマッシュルームを刻み始める。

「それで済むんかと思うたら、三下のレベルでは話にならんから言うて、当時はこのへんに住んどった上の奴の自宅兼事務所へ連れていかれた。またボロカス罵《ののし》られて、土下座させられて、殴られて、蹴《け》られて。もう、この上はどうにでもなれ。指詰めるでも、海に沈められるでも構へん。それで死ねるんやったら、もっけの幸いや。そんな投げやりな気持ちやった」

自分がヤクザの事務所へ連行されたらと想像するだけで、海里の背中には冷たい汗が流れる。

「全然幸いじゃねえし！　そんで結局、夏神さんの処分は、どうなったわけ？　いや、殺されてないことだけはわかるけど。指も……山でなくした足の指以外は、ちゃんとついてるよな？　詰めてないよな？」

怖々訊《たず》ねる海里に、夏神は小さく笑って頷いた。そうしている間にも、タマネギは見事なみじん切りになり、時折掻《か》き混ぜられる鶏肉には、旨《うま》そうな焼き目がついていく。

「俺は、金を落としたて言い張ったんやけど、ヤクザ連中は、俺がその金を使い込んだと思い込んだみたいやった。そんで、そういう奴は見せしめにされるんや言うて、親分らしき人が、『山へ連れていって、バラして埋めろ』と命令しよった」

「げッ。ってことは」

「両側から、俺よりでかいおっさんらに固められて、窓を真っ黒に目張りしたバンに連行や。もうその頃には、目ぇもろくに開かんくらいボコられとったけどな。手ぇ振ったら、指がぷらぷらするくらい、骨も何本かへし折られとった」

手を動かしながら海里に話をしているのは、緊張を解《ほぐ》す目的もあるが、遠い日の思い出を辿《たど》ることで、これから作る料理に想いを込めようとしているのかもしれない。

「うえええ」

海里はこみ上げる寒気に耐えかねて、自分を抱き締めた。一方、ロイドのほうは、「手に汗握る展開でございますな！」と、むしろワクワク顔をしている。そういうところが、彼が、人ならざるものである所以《ゆえん》なのかもしれない。

鶏肉がいい具合に炒まったところで、夏神はタマネギとマッシュルームもフライパンに投入し、塩、胡椒《こしょう》で控えめに味をつけた。

「で、でも、山には連れていかれなかったんだろ⁉」

「連れていかれとったら、今頃俺は、土ん中で骨になっとるわ」

フライパンを軽くあおり、具を調和させながら、夏神は、横目で船倉を見て言った。

「そんときにな、俺がお前を助けたときみたいに、たまさかコンビニに行こうとしとった師匠が、助けてくれはったんや」

「や、待って。俺のときと違って、相手は本物のヤクザだったんだろ？　しかも船倉さん、夏神さんみたくでっかくなかったし。どうやって助けてくれたのさ？」

「口で」

「口⁉」

「ヤクザの親分と師匠は、幼なじみやったんや。そんで、『殺すより、うちで馬車馬みたいにこき使《つこ》うたほうが有効活用やろ。人手不足なんや、譲ってくれや』って交渉してくれてな」

昔の話にもかかわらず、まるで目の前で事件が進行しているかのように、海里は胸を撫で下ろした。

「わあ……半端ないドナドナ感あるけど、とりあえず、それで命が助かったんだ？」

「助けてほしいなんぞ、思うてへんかったけどな。いや、思うてへんと、思い込んどったんやけどな。店に連れて帰って、手当してくれる師匠に、俺は失礼ぶっこいたんや。『誰が助けてくれ言うたんや』て」

「うわ……よくそんな奴、店に置いてくれる気になったよな。船倉さん、何て？」

夏神は、懐かしそうに船倉の口調を真似て答えた。

「あんときの師匠の面白そうな顔、俺は一生よう忘れんわ。『お前やで』って、師匠は言いはった。車に押し込まれそうになったとき、俺、無意識に『助けてくれー！』て絶叫しとったらしい」

その光景を想像して、海里は笑っていいのか怯《おび》えるべきなのか判断がつかず、実に中途半端に頬と口元を歪《ゆが》ませる。

「や、そりゃそうだろ。むしろ、そこで無言でいられるのは、どっかの国のエージェントくらいだと思うけど。……でも、色々こじらせてた夏神さんとしちゃ、最大級に恥ずかしかったよな？」

「死にたかったわ。思い出しても、今すぐここに穴掘りたなる。……師匠は俺に、ヤクザと何で揉《も》めたんか、訊ねてきた。俺は仕方なく喋《しゃべ》った。あっちこっちに消毒薬吹いたり、絆創膏《ばんそうこう》貼ったりしながら黙って聞いとった師匠は、厳しい顔で言うた。『お前はつくづく、中途半端なやっちゃな』て」

意外な船倉の指摘に、海里は目を丸くする。

「なんで？　いいことしたな、じゃなかったの？　俺だったら、そこだけは褒めるけど」

夏神は、船倉の幽霊を見やり、辛《つら》そうに顔を歪めて言った。

「師匠は、苦虫を噛《か》み潰《つぶ》したみたいな顔して、『お前のその中途半端な情けは、何にも生まんぞ』て言いはった」

「何も……生まない？」

船倉の言わんとすることが理解できない海里は、カウンターに両手を置き、お預けを食らった犬のようなポーズで夏神の顔を見上げる。

夏神は炊飯器を開け、ご飯の残りをフライパンにすくい入れた。

鶏肉の脂を利用して、強火でフライパンを素早く煽《あお》る。たちまち、ご飯は一粒ずつパラパラ解れ、具と交ざり合っていく。

「ヤクザは摑《つか》み損ねた金を、絶対に諦《あきら》めへん。いつか、お前が取り立てを諦めたことはバレる。そんとき酷《ひど》い目に遭うんは、その夫婦や。お前はほんの短い間、その夫婦を安心さしたかもしれへんけど、遅かれ早かれ、その人らは金をむしり取られるんや。払われへんかったら、他から借りてどうにか利子だけ払《はろ》うて、結果、あっちこっちに借金が嵩《かさ》む。にっちもさっちもいかんようになったら、内臓売るとこまでやられるんやでって」

「………」

あまりにも生々しい話に、海里は言葉を失う。

夏神は、よく炒まったご飯にケチャップを振りかけた。しっかり焼いてトマトの風味を凝縮し、出来上がった艶《つや》やかなチキンライスを、メロンをかたどったステンレスの型にギュッと詰め、真っ白な皿に空けた。

それから、小鍋《こなべ》にデミグラスソースをレードルに一掬《ひとすく》い取り、ビターなデミグラスに、ケチャップを少しだけ加えて甘みを足した。

それを温める間、フライパンを洗い、再び火にかける。

「自分がやらかしたことの意味のなさ……違うな、自分が安い同情で、結局いちばん残酷なことをしてしもたことに気付いて、俺はショックで動けんようになった。そんな俺の前に、師匠が、このオムレツライスの皿を置いてくれはったんや」

温まったフライパンに油を引き、バターを一欠片《かけら》溶かすと、夏神は卵三個をよく混ぜ、ほんの少しだけ牛乳を混ぜたものを、ジャッと流し込む。

しばらく待って、菜箸《さいばし》で柔らかく全体を混ぜると、美しい金色の襞《ひだ》がやわらかく盛り上がる。

海里は、呼吸することを忘れ、カウンターに手を突いて背伸びをして、夏神の手元に見入った。

最初はフライパン全体に広がっていた卵が、やがてたくさんのひだを寄せながら、フライパンの動きに従い、少しずつ丸まっていく。

焦げ目はまったくついておらず、外側は、傷一つなく滑らかだ。

熱で固められた薄い層の下に、レースのような半熟卵の層が幾重にも重なっている気配が、確かに感じられた。

木の葉型に整えた大きなオムレツを、夏神は慎重に、チキンライスの側面……つまり、山肌に添うようにして皿に載せた。

ギリギリ形を保っているが、スプーンでひと突きすればホロリと崩れそうな、完璧《かんぺき》な火の通し方をしたオムレツである。

仕上げに、少し甘く仕上げたデミグラスソースを、湖に水を満たすような感じで、皿の余白に流し込む。

生クリームを線状に垂らし、茹《ゆ》でたグリーンピースを五粒散らして、夏神は満足げに皿を見下ろした。

「師匠がこの料理を俺の前に置いてくれはったとき、物凄《ものすご》い勢いで、腹が鳴ったんや」

夏神はそう言って、情けない笑顔になった。海里は、ふんふんと兎のように匂いを嗅《か》ぎながら、「そりゃそうだよ！」と、ヨレヨレの声を出した。

海里とて、今、まさに泣きっ面に蜂、もとい、空《す》きっ腹にオムレツライスなのである。

前回、食べたくても食べられなかった料理が、目の前に再現されているのだ。

（だけど……あれは船倉さん用で、俺のじゃないんだよなあ。ああ、憧《あこが》れのオムレツライス）

よだれを零《こぼ》しそうな顔でオムレツライスを凝視している海里には気付かない様子で、夏神は片手で自分の削《そ》げた頰をさすった。

「たまらんようになって、師匠の手ぇからスプーンを引ったくって、一口食うた。殴られまくっとったから、口ん中はザクロみたいになっとって、デミグラスがまあ沁《し》みた沁みた。悶絶《もんぜつ》もんや」

「うぇ」

その感覚を想像して、海里は顔を歪める。だが、夏神はホロリと笑った。

「せやけど、その痛みより、驚きのほうが勝っとった。ねっちりケチャップでまとめられとんのに、口に入れたらほろほろ崩れるチキンライスと、綿……いや、雲やな。そんくらいふわっふわの軽いオムレツ。さらっとしてんのに、甘さと香ばしさと苦さと爽《さわ》やかさが交じったデミグラス。全部が一緒になったら、もう、何て言うてええかわからん。旨《うま》いなんて言葉では、とても足りん」

「うわあぁ……！」

料理を目の前にして、匂いを嗅いで、その上、味わいを言葉で表現されては、技巧を凝らした言い方でないだけに、余計に想像が広がる。胃袋が、「それを早く食わせろ」

と腹の中でのたうった。

もはや拷問だと悲鳴を上げる海里をよそに、ロイドは、感服した様子でこう言った。

「船倉様は、夏神様のお命を、その一皿でこの世につなぎ止めたのでございますな」

夏神は、深く頷《うなず》いた。

「師匠、ニヤッと笑《わろ》うて、『お前の命、ワシがオムレツライス一皿で買い上げたで』って言いはりましたね。冗談やないて言いたかったのに、気が付いたら、犬みたいな勢いで、ぺろっと一皿平らげとった。理屈やのうて、身体でわかったんや。俺は、ホンマは生きたいんやて。誰かに、生きとってええんやでって言うてほしかったんやって。師匠に、俺の命を買い上げてもろて、ホンマに救われたんです」

夏神はオムレツライスにスプーンを添えると、両手で恭しく持った。そして、そのまま船倉の前に立つ。

海里とロイドは並んで立ち、いよいよ試験が始まるのだと固唾《かたず》を呑《の》んで見守った。

「あの夜、いっぺんだけ食わしてもろたオムレツライスは、俺ん中で、ずーっと宝物でした。弟子にしてもろたときも、『命を買い上げられたんやから、しゃーない』て憎まれ口を言うてましたけど、ほんまは…… いつか、あのオムレツライスを自分で作れるようになりたい、そう思うてました。そんで、今です」

夏神は、感慨深そうに、自分が作ったオムレツライスを見下ろした。

「いつか、師匠が買い上げてくれた俺の命を料理にして、師匠に食うてほしいと……」

いざ、船倉に渾身《こんしん》の一皿を差し出す……かと思いきや、何故か夏神は突然、口を噤《つぐ》んだ。そして、「違うな」と呟《つぶや》くなり、せっかくのオムレツライスを、調理台に置いてしまった。

息を詰めて運命の瞬間を待っていた海里とロイドは、文字どおり盛大にずっこける。

「ちょ、違うなって、何が⁉　全然違わないっしょ！」

「そうでございますよ。いったい、何が……」

口々に声を上げる二人に構わず、夏神は右手で自分の頬をピシャリと叩《たた》き、何故かへへっと笑った。

「師匠、すんません。俺、またしくじるとこでした。俺の命の味は、これと違いますわ」

「ええええっ⁉」

海里は思わず、カウンター越しに身を乗り出した。

「何言ってんの、夏神さん。今の話の流れだと、完璧にオムレツライスで正解なんじゃね⁉」

だが夏神は、キッパリとそれを否定した。

「違う。師匠は、『腕を磨いて、店を育てて、胸を張って自分に食わせられる料理を作れ』て言うてはった。確かに、助けてもろたときの俺の命は、この料理一皿分やった。せやけど、それを今、そのまんま作って出しても、卒業試験にはならんわな。これは、今の俺やない。師匠と出会ったときの俺や」

「……あ。ってことは、そんなに旨そうなのに、オムレツライスは、夏神さんが船倉さんに食べさせたい、食べさせるべき料理じゃ……ない？」

「違《ちゃ》う」

再度、きっぱり否定すると、夏神はシンクの前に歩いていって、フライパンを洗い始めた。柔らかなスポンジとほんの僅《わず》かな洗剤を使って、まるで赤ん坊を風呂《ふろ》に入れるように丁寧に洗い上げ、水気を拭《ふ》き取る。

それを再びコンロの上に置くと、夏神はもう一度、船倉の前に立ち、頭を下げた。

「ぶっさいくなことしてしもて、すんません。もう一品だけ、作らしてください。俺、そう言うたら、まだ師匠に質問されて、答えてへんことがありました」

「それは、何でございますか？」

まるで船倉の代わりに質問するように、ロイドが静かに問いかけてくる。

そちらを振り向かず、夏神はピンと背中を伸ばして答えた。

「この店を継がんと、定食屋を始めるんはなんでや。そう訊《き》かれて、店を始める前は、上手《うま》いこと答えられへんかった。けど、今は、何とのうですけど、答えられます。たぶん、それが今の、俺の命の味なんやと思います。せやから……もうちょっとだけ、待っとってください」

そう言うなり、夏神は淀《よど》みなく動き始めた。

冷蔵庫から食材を取り出し、今度は口もきかずに黙々と調理を始める。

海里とロイドも、無言でカウンター越しにそれを見守った。

まずは包丁で焼き豚を食べ応《ごた》えのあるサイズに刻み、それから、白ネギをみじん切りにする。

海里は、首を捻《ひね》った。

(どう考えても、食材の選択を見る限り、作ろうとしてるのは、炒飯《チャーハン》だよな。今の、「腕を磨いて、店を育てた」夏神さんの命の味は、炒飯……？　なんか、オムレツライスよりピンと来ないんだけど)

そんな海里の疑問を、ロイドも共有しているらしい。柔和な目で、「ですよねえ」と言わんばかりの表情をする。

だが夏神は、真剣な面持ちで、ひとときも躊躇《ちゅうちょ》なく、フライパンにサラダ油を引いた。

そこに、ごま油をほんの少し垂らす。

ネギと焼き豚を強火でざっと炒《いた》めると、夏神は海里の想像どおり、そこにご飯を投入し、フライパンを煽《あお》りながら、木べらでざっくり混ぜ合わせた。

さらに、塩、胡椒《こしょう》、醤油《しょうゆ》を加えると、やはり空腹にはそうとうこたえる香ばしい香りが辺りに漂うが、何とも洋食屋には不似合いな匂いではある。

(マジで炒飯かよ、夏神さん。卒業試験、それでいいの!?)

カウンターの縁を摑《つか》む海里の手に、思わず力がこもる。

自分が口を出すことではないとわかっていても、現段階では、「それは違う」と言いたい気持ちでいっぱいで、不安で仕方がないのである。

ロイドはそれよりはずっと冷静な表情で作業を見ているが、それでも彫りの深い顔には、「解せない」とでかでかと書いてあった。

だが夏神はまったくお構いなしに、もう一枚皿を出し、そこに炒め合わせたご飯をこんもりとしたドーム状に盛りつけた。

まさに、どこから見ても炒飯である。

だが、夏神は再びフライパンを洗い、火にかけた。

そして、卵を二個ボウルにといて、少しの牛乳と、ひとつまみの砂糖を混ぜ入れ、粗《あら》挽《び》きの黒胡椒を多めに振る。

（ちょ、待って待って。何する気なんだよ!?　炒飯じゃないのかよ。つか、更におかしな方向に行ってない？　砂糖って！　しかもけっこう黒胡椒入れたぞ？）

海里はますます混乱してしまった。ロイドが隣にいてくれなければ、たまりかねて口を挟んでしまったかもしれない。

それでも、夏神の手は感心するほど素早く動いた。

フライパンにサラダ油を心持ち多めに引き、十分に熱くなったところで、卵を一気に流し入れる。

そこはさっきと同じだが、今回は、夏神はオムレツを作ろうとはしなかった。

強火のまま、平たく流した卵を菜箸《さいばし》で大きく優しく、素早いがどこかおっとりした感じで混ぜる。

そして、僅かに火の通し方が足りないかな、という段階で火を止め、ご飯の上にスルリと卵を滑らせた。

トロトロの卵の上から、仕上げに模様を描くように少しだけ掛けたのは、焼き豚についていた市販のタレである。

（待ってくれよ。夏神さん、正気か？）

どうにか奇声を発することだけはこらえつつも、海里は頭を抱えた。

確かに、ちょっと食べてみたいような感じはする。炒飯かと思いきや、オムライスっぽくも見える。いや、中華風オムライスと言い張れば、それで通るだろう。

だが、海里の目には、さっき夏神が作ったオムレツライスのほうが、遥《はる》かに高度な技を必要とするし、味わいも高級であろうという気がするのだ。

ロイドも、珍しく手放しで困惑しているらしく、両手を持ち上げる大袈裟《おおげさ》な仕草で、肩を竦《すく》めてみせる。

これは、何かを間違ったのではないか……という意思表示だろう。

俺もそう思う、と唇の動きだけで告げて、海里は夏神と、謎のオムライス的な料理を見比べた。

「師匠は、この店のことを、『お客さんが、ちょっとした晴れの日ぃに使う店や』って言うてはりました。ホンマにそうやと思うし、物凄《ものすご》い素敵な、大事な場所やと思うんです。俺も、この店が大好きでした。……せやけど、俺がホンマにやりたいことは、それとは違《ちご》うたんです。自分の店をやるうちに、ハッキリわかってきました」

ようやく沈黙を破った夏神は、さっきと同じように皿にスプーンを載せ、終始無言で、瞬《まばた》き一つせず、厳しい眼差《まなざ》しで自分の作業を凝視していた船倉のほうを見た。

「狭いし古いし、決して綺麗《きれい》でも豪華でもありませんけど、俺は、お客さんみんなの『家』を作りたかったんです。気兼ねのう来られて、自宅で出てくるみたいな、せやけど確実に旨い飯を食えて、茶の間みたいにくつろげて、世界中のどこにも自分の居場所がないような気分の夜でも、朝日が昇るまで、俺の店が『家』になる」

「あ……」

海里の口から、吐息交じりの声が漏れた。

夏神の言葉を聞いているだけで、「ばんめし屋」のお馴染《なじ》みの光景が、そこで食事をして腹と心を満たし、新しい一日の訪れを迎える準備をする人々の姿が、海里の脳裏には浮かんだのである。

夏神が今作った一皿は、風変わりではあったが、紛れもなく「ばんめし屋」で出すべき料理だ。

手が込んでいるわけではない。高価な食材を使うわけでも、珍奇なスパイスを振りかけるわけでもない。

ありふれた、なじみ深い、けれどどこかにプロの技が利いた、何度でも食べたくなる味。

　それこそが、今の夏神が出した答え、今の夏神が船倉に食べさせたい料理なのだ。

「師匠が俺の命をオムレツライス一皿で買い上げてくれたみたいに、俺も、自分の命をぶん回して暴れる奴が来たら、俺の料理で、そない気張らんでええ、投げ捨てたい命やったら、俺にしばらく預からしてくれへんか……そう伝えたいんです。そんなとき、俺が出したい料理が、これです。俺のオムレツライス、いや、オムライス、です」

　そう宣言して、夏神は今度こそ、船倉の前に、皿を差し出した。

　さすがにその顔は極度の緊張で強張《こわば》り、皿を持つ手が震えているせいで、スプーンがカチカチと耳障りな音を立てている。

「卒業試験、採点、お願いします」

　そう言って、夏神は皿を捧《ささ》げ持ったまま、頭を下げた。

　海里の喉《のど》は、いつの間にかカラカラに干上がってきた。狼狽《うろた》えたり緊張したり大忙しで、唾《つば》を飲み込むことさえ忘れていたらしい。

（……あっ！）

　海里とロイドは、カウンターから厨房《ちゅうぼう》に転げ落ちそうなほど、前のめりになった。

　ずっと腕組みしていた船倉の幽霊が、ついに手を伸ばし、スプーンを手にしたのである。

　ブルブル震える皿の上で、ステンレスのスプーンは、卵とご飯を一緒にたっぷりと掬《すく》い取った。

それが船倉の口の中へ消えていくのを、三人はただ息を殺して見守る。

じっくりと咀嚼《そしやく》して、夏神のオムライスを飲み下した船倉は、確かに一度、小さく頷《うなず》いた。

ずっと厳しかった彼の目は、今は穏やかに弟子を見つめている。

「師匠……」

ようやく頭を上げ、震える声で呼びかける夏神に、いや、それを見守る海里とロイドの耳にも、船倉の声が、ハッキリと聞こえた。

『かろうじて、合格じゃ』

「やった！」

「やりましたね！」

とうとう我慢できずに歓声を上げて、海里とロイドはハイタッチをする。

一方の夏神は、皿を持ったまま、三度《みたび》床にへたり込んだ。

「師匠……」

船倉の幽霊は、生前の彼がそうしていたように、スツールに片手をついて身を支え、大儀そうに立ち上がる。

その姿が、少しずつ薄れていくのを押しとどめるように、夏神は声にならない声を上げ、手をいっぱいに伸ばして船倉に触れようとした。

だが、船倉の厚みのある唇が、夏神に向かって何か短いメッセージを伝えた直後に、その姿は呆気《あっけ》ないほど潔く、消え去った。

スツールの上には、船倉が口に運んだスプーンがあるだけだ。

「ありがとう……ございました」

師匠に向かって伸ばした夏神の手が、ダラリと床に落ちる。感謝の言葉を口にして、夏神はひたすら、師匠の永遠の眠りが安らかであるよう、目を閉じて祈った。


「なあ、夏神さん」

「うん？」

夏神が脱力状態から立ち直ったタイミングを見定めて、海里は厨房の中に入り、さっき「卒業試験」に夏神が提出した、あの謎めいたオムライスの皿を指した。

「これ、俺も食ってみていい？」

「食いさしやのうても、何ぞ作ったるで」

夏神は精根尽き果てたような顔で、それでも律儀に約束を果たそうとする。

だが海里は、笑ってかぶりを振った。

「腹は減ってるけど、そういうこっちゃなくて。単純にそれがどんな味なのか、興味があるんだよ」

「わたしにもあります！」

何故か早くもスプーンを握り締め、ロイドも順番待ちよろしく海里の背後に立って、試食をせがむ。

「……ええよ。何や、俺の皮を裏返して、中身を全部見せてるみたいで恥ずかしいけどな」

照れ笑いでそう言い、夏神は海里のほうへオムライスの皿を押しやる。

「では、いただきまっす！」

さっき船倉がしたように、卵とご飯をたっぷりスプーンで掬い、海里は口いっぱいにオムライスを頬張った。

「ん！」

咀嚼する前に、早くもそんな驚きの声が上がる。

当たり前だが、ケチャップライスに卵、そしてまたケチャップという、よくある定番オムライスの味わいは、夏神のオムライスには欠片《かけら》もなかった。

かといって、炒飯《チャーハン》に卵を載せただけというのとも、確かに違う。

醤油《しょうゆ》の風味が利いたご飯だけを食べると炒飯っぽいのだが、そこに砂糖の甘さを包み込んだ、とろとろとした卵が合わさると、日本人の好きなあまじょっぱい味わいになるのだ。

それは確かに馴染みの味、しかし、時折ぴりりとした黒胡椒《くろこしょう》の刺激がアクセントになるあたりは、プロの技である。

　しかも、海里は二口目に気付いたのだが、船倉が嫌った「熱いご飯のせいで、卵に余分に熱が通ってしまう」現象を、夏神は逆手に取っていた。

　ほんの少し早めに火から下ろすことで、卵には、ご飯の熱でゆっくりと火が通っていく。すると、真ん中の卵の分厚いあたりはとろりと絶妙な固まり具合になり、端っこの薄いところは、どちらかといえば錦糸卵《きんしたまご》のような食感に変化する。

　双方に違う美味《おい》しさがある上に、夏神は、わざと砂糖入りの卵を部分的に軽く焦がすことで、独特の香ばしい風味をオムライスに与えていた。

　さらに焼き豚のタレがかかった部分は、よりメリハリのきいた味になる。

　一皿を食べきるまで、決して飽きさせないための工夫が、実にさりげなく凝らされていた。

「旨《うま》い！」

　シンプルな海里の感想に続いて、ロイドもしみじみした口調で言った。

「これならば、船倉様もご満足でしたでしょう。ご卒業、まことにおめでとうございます」

「あっ、そうだ。それ言わなきゃ。おめでとうございます！」

　スプーンを持ったままお祝いを述べる二人に、夏神は照れ笑いで、ペコリと頭を下げた。

「おおきに。……せやけど、卒業試験に合格したっちゅうんは、免許皆伝とは違う。こっからが、料理人としての俺のスタートなんや。師匠に最後まで……いや、居残りまでして貰《もろ》うて、やっとこさ腹が据わった」

どこか晴れやかな顔でそう言い、夏神は、「よう見とけ。コック服は、これで着納め、見納めやで」と笑った。

慌ただしく厨房の後片付けをしながら、海里はふと、師匠から譲り受けたフライパンを大事そうに梱包《こんぽう》している夏神に問いかけた。

「そういや、最後に船倉さん、何て言ってたの？　あ、内緒の話なら、別に言わなくていいけど」

「別に内緒やない」

さらしで綺麗《きれい》に巻き上げたフライパンを、段ボールの中にしまい込みながら、夏神は実に無造作に答えた。

「師匠は、『止まるな、進《ふ》め』って言いはったんや」

海里は洗い上げた皿を拭きながら、少しだけガッカリしたように、「わりとフツーだった」と呟《つぶや》いた。

夏神は苦笑して、「ええやないか」と言い返す。

「いいんだけど、もっと何か、クリティカルなアドバイスを遺《のこ》していったのかと思ったよ。最後の最後なんだし」

「俺にとっては、クリティカルなアドバイスやで」

「そうなの？　だって、常に努力し続けろって意味だろ、それ」

「それだけやあれへん」

「へ？　もしかして、もっと深い意味がある？　俺の読みが浅過ぎ？」

面食らう海里に、夏神は首を横に振る。

「そうやない。そうやないけど、師匠は、料理だけやのうて、生き方そのものを教えてくれはった人や。せやから、買い上げた俺の命をもっぺん俺に返す代わりに、ちゃんと生きろって言うてくれはったんや」

「ん……？」

海里はしばらく沈黙してから、少し言いにくそうに口を開いた。

「それって、未《いま》だに夏神さんがちょいちょいうなされることに、関係ある？」

すると夏神は、意外なほどあっさりとそれを認めた。

「ある。……実は俺な、山での遭難事故からこのかた、いっぺんも、死んだ彼女の墓にお参りできてへんのや」

「ええっ!?」

海里の大声に、客席を回って小さな花たちを回収していたロイドが、驚いてこちらを見る。

だがそれを気に留めず、海里は夏神を問い質《ただ》した。

「ちょっと待ってよ。それはないだろ。恋人なのに、いくら心の傷が深いからって、一度もお墓にお参りしてないなんて、あんまり薄情すぎ……あ、いや。待てよ。今、夏神さん、お参り『できてない』って言ったよな。したくないんじゃなくて、できなかったんだ？」

慌ただしく頭を働かせる海里に、夏神は静かに頷《うなず》く。海里は、探るように問いかけた。

「それ、もしかして、夏神さんの、あの発言のせい？『仲間を捨てて逃げました』って言ったことで、死んだ彼女さんのご家族を、怒らせた……？」

夏神は、また一つ頷く。海里は、困惑して視線を彷徨《さまよ》わせた。

「それは……その、確かに、俺が遺族でも、ブチ切れる。そんな奴が娘の彼氏だったことにもキレるし、そいつが娘を見捨てて逃げたことにもキレる。墓の場所なんて、絶対教えねえ」

「そういうこっちゃ」

「あちゃー……。そりゃ、きついな。墓参りが死人を悼む唯一の方法ってわけじゃないけど、でもやっぱ、大事なけじめだもんな。俺だって、死んだ父親って、記憶にある限り墓石の姿なんだけど、それでも心の拠《よ》り所って感じではあるんだ。だから……」

夏神は、沈んだ声で言った。

「彼女が葬られた場所に行きたい、行って、最期のときに、一緒にいてやれんかったことを謝りたい。それができへんことが、ずっと苦しゅうてならん。その一方で、今さらご遺族に会いに行って、誤解を正して何になんねんって思う気持ちもあってな」

海里は黙って頷いた。そんな葛藤《かっとう》がずっと胸の中に渦巻いていれば、あれほど酷《ひど》くうなされるのも無理はない、そう思ったのだ。

「あれは俺がおかしゅうなってたときの発言なんです、俺は彼女を見捨ててません、助けたい一心で山小屋へ行きました……て言うたかて、俺はスッキリするかもしれへんけど、ご遺族には何の意味もあれへんやろ。それまで俺に向けてた怒りややるせなさが、突然、宙に浮くだけや。話を蒸し返されて、あの頃の記憶が生々しゅう甦《よみがえ》りもするやろ。俺っちゅうハッキリした対象を憎んどるほうが、かえって楽やったと思わせてしまうかもしれん。……そう思うと、どうしても、彼女のご実家に足が向かんでな」

「……そりゃ、うん。躊躇《ためら》って当たり前だよ」

「俺も、当たり前やと思うてた。もう、諦《あきら》めんとしゃーないことやと思うてた。俺が、彼女をひとりぼっちで死なせてしもたんは事実や。そのことだけでも、俺には彼女の墓に参る資格がないんやて。けどなあ、イガ」

夏神は、切なそうに目を細め、言葉を探しながらこう言った。

「やっぱし、俺は彼女の墓に行きたい。ご遺族にも会《お》うて、あのとき、山で何があったんか、ちゃんと伝えたい。そんな想いが、少しずつ胸ん中で強うなっていくのに、とっくに気付いとった。それでも、相手のおることやから俺の一存で動いたらあかん、そう自分に言い聞かせてストップをかけとった。ホンマは、自分が怖いだけなんや。それをまた、ご遺族のせいにしとった。俺の、姑息《こそく》で悪い癖や」

「……そういうことも、師匠にはお見通しだったんだね」

「俺のそういうとこを、いの一番に見抜いた人やからな」

ちょっと恥ずかしそうに指で鼻を擦《こす》り、夏神は、さっきまで船倉が座っていたスツールを懐かしそうに見やった。

「師匠が、身をもって教えてくれはった。人間、いつまでも生きてへんのやぞって。勿《もち》論《ろん》、せやからて、やりたい放題やってええわけやないけど、伝えなあかんことは、いつまでも寝かしとくもんやない。……師匠の最後の言葉は、俺にとってはそういう意味や」

「じゃあ、彼女さんのご遺族に、会いに行くの？」

敢《あ》えて直球で問いかけた海里に、夏神の頬がピクリと痙攣《けいれん》する。だが彼は、真摯《しんし》な口調で答えた。

「普通に行っても、ご遺族が俺に会うてくれるとは思われへん。せやけど、これまでよりもっと真剣に、俺にできることを考えてみようと思う」

「……いいんじゃないかな。いつまでもただうなされてるよか、全然いいと思う」

同意してから、海里は自分の顔を指さした。

「勿論、踏み出すタイミングを決断するのは夏神さんだけどさ、えいやって飛び込むときには、俺も一緒に行くよ。そしたら、頼もしさ二倍、怖さ半分っしょ。口も手も出さないけど、ただ、夏神さんの隣にいる。そのくらいは、許されるんじゃね？」

何しろ、俺は船倉さんから、夏神さんを傍で見守っててやれって言われてるんだし……

……と、心の中で付け加え、海里はへへっと笑ってみせた。

「イガ……」

夏神の顔が、泣き出しそうに歪《ゆが》む。

だが、そうした感動的な空気を破り捨てるように、物凄《ものすご》い勢いでロイドが駆け寄ってきて、負けじと夏神に訴える。

「わたしも、お供致しますよ！　何しろ、主《あるじ》の行かれるところ、従者がご一緒しないわけには参りませんからね。わたしがおりますからには、一気に頼もしさ五倍、怖さ百分の一でございます」

「いやそれ、どういう計算やねん」

こんなときでも、大阪人の夏神には、無抵抗でスルーするということができないらしい。

だが、切れ味よくロイドの発言に突っ込んだ後、彼は、頭のバンダナをむしり取った。

そして、海里とロイドに、心からの感謝の気持ちを伝える。

「ありがとうな。何や、年上で、しかもイガの師匠やのに、俺がいちばん頼りないんは、何とかせんとあかんな。せやけど、気持ちだけで十分や。俺の個人的な事情に、お前らを巻き込むわけには」

そんな、いつもの夏神らしい遠慮を容赦なく遮り、海里はロイドと顔を見合わせてから、きっぱりと宣言した。

「巻き込まれるんじゃないよ。俺たちが、かかわりたいんだ。その理由は、夏神さんを無事に連れて帰りたいから。さらにその理由は、俺たちが夏神さんを好きだから。そんでもって、夏神さんがいないと、あそこが俺たちみんなの『家《ホーム》』じゃなくなっちゃうから。オーケー？」

すぐには返事をせず、夏神は、自分を見上げる海里とロイドの顔を何度も見比べた。

そして、「オーケーや！」と涙声で言うなり、喜びと照れ隠しが相まった凄《すさ》まじい勢いで、まずは海里の、次にロイドの頭を、髪が揉《も》みくちゃになるまで撫《な》でまくったのだった……。

エピローグ

それは、「洋食処《どころ》　へんこ亭」お別れ営業日の翌日の午後のことだった。

「よっしゃ、まずはこっから始めよか」

さすがに昨日の疲労が取りきれず、目の下に隈《くま》を作った夏神は、それでも穏やかな顔で、店から持ち帰った紙箱を調理台に置いた。

昨夜《ゆうべ》、店を片付けてここに帰ってきたときには、すでに日付は「今日」になっていた。

ロイドは片付けを終えた時点で眼鏡に戻り、珍しく帰宅するまでひとことも喋《しゃべ》らなかった。本人曰《いわ》く、付喪神《つくもがみ》になって初めて「爆睡」したらしい。ロイドもまた、精根尽きるまで働いたのだ。

海里も、もはや風呂《ふろ》に入る余力すらなく、自室に入るなり、敷きっぱなしの布団の上に倒れ込んだ。

自分ではほんの数秒、目を閉じていたくらいの感覚だったが、気付けば時刻は正午を過ぎていて、海里は酷く驚かされた。よほど、くたびれ果てていたようだ。

夏神も似たような状態なのだが、だからといって、「ばんめし屋」の営業を疎《おろそ》かにするわけには断じていかない。

とにもかくにも夏神と海里は交代でシャワーを浴びて目を覚まし、まだ寝床、もとい眼鏡スタンドで惰眠を貪《むさぼ》っているロイドをそのままにして、二人で仕込み作業を始めることにしたのである。

「どこから始めるって？　お？」

夏神が開けた紙箱の中身を見て、海里は顰《しか》めっ面になった。

「コップが四つ？　何でそんなもん、持って帰ってきたの？　って、ああ、それ、モロゾフのプリンの容器？　もしかして、夏神さんがお土産に持って行った、あれ？　船倉さんってば、中身を食べて、容器をわざわざ保管してたのかよ」

海里の指摘に、夏神はにんまりとした。

「当たり前や。大阪人はな、モロゾフのプリンの容器を、右から左へはよう捨てんのや。これで茶ぁ飲んだり、素麺《そうめん》のつゆ入れたり、あと、計量カップにもええ。二百ccが、上手《うま》いこと量れるからな。そんで……この容器を使《こ》うて、当たり前やけどプリンも作れるっちゅうわけや」

それを聞いて、海里はパチリと指を鳴らした。

「なるほど、昨夜、ロイドの奴がカスタードプリン食べたいって言ってたもんな」

夏神は分厚いガラスの容器をざっと洗って拭《ふ》き上げながら頷《うなず》いた。

「昨夜、帰り際にふと思い出してな。冷蔵庫見たけど、プリンは残っとらんかった。せやから、師匠が洗って取っとってくれたこの容器で、今日、ロイドにプリンをこさえたろうと思うて。約束は、守らんとな」

「いいね。じゃ、卵と牛乳、出すよ。四個分でいいんだよね？」

「お前もわかってきたやないか」

「昨日、夏神さんがプリン作るとこ、横目で見てたもん。俺も、早いとこ夏神さんみたく、優秀な弟子にならなきゃな。昨日のコック服の夏神さん、超かっこよかったし」

どさくさに紛れて師匠を褒め、海里は冷蔵庫を開けて卵と牛乳のパックを取り出し、調理台に置いた。

その横に、計量カップとスプーン、それから砂糖の容器もどんと据える。

夏神のプリンの材料は、実にシンプルにこれだけである。

「おお、偉い偉い。ただ、バニラビーンズもエッセンスもあれへんから、まあ、素朴に素材の匂いを楽しんで貰おか」

そんなことを言いながら、夏神は小さな片手鍋《なべ》に砂糖を掬《すく》い入れた。そこに少量の水を加えると、火にかける。しばらくそのまま放置すると、砂糖がジワジワと溶け始めた。

彼が真っ先に作ろうとしているのは、カスタードプリンにおける最重要要素といってもいい、カラメルソースである。

カラメルソースは、砂糖が焦げて色が変わったらもう少し水を足すのだが、そのときに驚くような派手な音がして少し跳ねるので、牛乳を温めるのは、カラメルソースが完成してからのほうがよさそうだ。

そこで海里は、先に卵の準備をしようと、ガラスのボウルを戸棚から取り出した。

そのとき、ノックとほぼ同時にガラッと引き戸を開けて顔を覗《のぞ》かせたのは、宅配便業者だった。

「毎度、お荷物です。ええっと、こちらに五十嵐様はいらっしゃいますかね？」

そう言ってカウンターに置かれた大きな段ボール箱を、印鑑を手に出てきた海里は、不思議そうに見た。

「五十嵐は俺ですけど。あれっ、店じゃなく、俺あて？」

「はい、こちらに印鑑お願いします。どうも」

先を急ぐのだろう、慌ただしく手続きを済ませると、業者は出ていってしまう。

「俺に荷物とか、誰だろ。兄ちゃん……じゃ、なかった」

伝票の差出人欄を見て、海里は怪訝《けげん》そうに眉根《まゆね》を寄せた。

そこには、海里が芸能人だった頃に所属していた事務所の社長兼マネージャー、大倉《おおくら》美和《みわ》の名が印刷されていたのである。

「ごめん、夏神さん。ちょっと中身、上で見てきていいかな」

「おう、ええよ。仕込みはプリンを蒸し器に入れてから、のんびりでも大丈夫や」

「わかった。すぐ戻るけど、俺、カラメルソースは苦めでよろしく！」

夏神が快く許してくれたので、海里は意外と重い段ボール箱を両手で抱え、自室へ戻る。

カッターを探すのももどかしく、力任せにバリバリとガムテープを剥《は》がし、箱を開けった。

「おお！」

中には、何やら無性に懐かしいものが詰まっていた。

いかにも女の子が好んで使いそうなカラフルな封筒、それに、リボンをかけた小さな包みが、ざっと三十個ほどもあるだろうか。

「これはいったい……。ん？　どれもこれも、包装紙がハートだな。あ、もしかして」

船倉にまつわる一連のことですっかり忘れていたが、そういえば、バレンタインデーだった……と、海里は、ほぼ二週間前のイベントを思い出し、嘆息した。

芸能人時代は、バレンタインデーというと色々な番組でコーナーが組まれ、海里は「お料理男子」として、バレンタイン用のチョコレートを使ったスイーツを、あちらこちらの番組で作ってみせたものだ。

言うまでもなく、そのときのレシピも、実演の大半も、フードコーディネーターによるものだったわけだが。

その他にも、事務所には、このサイズの段ボール箱ではとても追いつかないほどの大量のチョコレートがファンたちから送られてきて、全般的に、バレンタインデーというのは、ちょっとした祭りのようなものだった。

「あの頃は、バレンタインなんて忘れたくても忘れられないイベントだったのにな」

苦笑いしながら、海里は目に付いた箱を取り上げてしげしげと眺めた。

当時は、プレゼントを貰《もら》うことが当たり前になってしまっていて、それを嬉《うれ》しいとかありがたいとか思う気持ちが、むしろ湧いてこなかった。

高級ショコラティエのチョコレートを話題作りのためにいくつかつまんで、あとは中身を見もせず、処分を事務所に任せてしまっていたものだ。

「……はあ、ホントに失礼だったな、俺。つか、今でも、こうして元の事務所にプレゼントや手紙を送ってくれる人がいるのか。しかも、こんなに」

驚きすぎてポカンとしていた海里は、ふと、色とりどりのアイテムの中に、実に異質な事務用の茶封筒を見つけた。

ぞんざいに封をむしり、模様も愛想もない真っ白な便箋《びんせん》を抜き出して広げる。

そこには、懐かしい、しかし決して綺麗《きれい》とは言えない美和の手書きのメッセージが綴《つづ》られていた。

『事務所に送られてきたプレゼントを、クビにしたタレントにわざわざ転送する義理はないんだけど、昔なじみの気まぐれだと思ってちょうだい。タイムラグに対する苦情は受けつけない』

そんな挨拶《あいさつ》もなしの無愛想な文面からは、かえって照れ屋の美和の優しさが伝わってくる。

海里は、包装紙越しでも漂ってくるチョコレートの香りを楽しみながら、美和のスマートホンに電話をかけてみた。

三回のコールのあと、実に不機嫌そうな美和のハスキー声が聞こえる。

『あんた、ちょっと気軽にあたしに連絡し過ぎじゃない？　暇じゃないのよ』

やはり、挨拶は省略だ。

書類が散乱したオフィスで煙草をくわえ、苛々《いらいら》とハイヒールのつま先で床を叩《たた》きながら喋《しゃべ》る美和の姿を想像して、海里は懐かしさで胸がいっぱいになった。

「ごめん。一言だけ、お礼言おうと思って。荷物、受け取った。バレンタインなんて、忘れてたよ」

海里がそう言うと、スピーカーの向こうで、美和が鼻で笑う気配がした。

『すっかり非モテになっちゃってんのかしら。熱心なファンの子たちは、まだあんたを忘れず、こうしてプレゼントを送ってきてるけどね。中は一応あらためたけど、どれも可愛い、切ないメッセージ付きよ。あんたに芸能界に戻ってきてほしがってる。わざわざ事務所に送ってくるのは、きっと、あたしに対するプレッシャーね。五十嵐カイリを見捨てるな、っていう』

「見捨てるなって言ったって、どうしたって戻れねえだろ。帰ったって仕方ないし」

海里は軽く受け流そうとしたが、美和は珍しくそれには同意せず、探るように問いかけてきた。

『もう、ホントに未練はないの？　一生、定食屋の店員で終わるつもり？　こないだの囲みでは、定食屋の宣伝で締め括《くく》ってたけど』

どうやら、美和は口では冷たいことを言いながらも、解雇したはずの海里のことをずっと見守ってくれているらしい。

心からそれを嬉しく思いながら、海里は答えた。

「先のことはわかんないよ。でも、芸能界はもう懲りたし、今はここで料理を勉強する時期だと思ってる」

『あら、ずいぶんハッキリものを言うようになったのね。それも、地に足がついたことを言うようになったわ』

「芸能人としちゃ面白くなさすぎるだろ？」

『どうかしら。そういう需要もあると思うけど。……ねえ、カイリ』

美和は躊躇《ちゅうちょ》しながらも、こう続けた。

『こういうこと言うのはガラじゃないけど、いっぺんだけ言っとくわよ。あたしの連絡先、これからも絶対、消さずにいなさい』

「えっ？」

思いがけない元上司からの「命令」に、海里は目をパチパチさせる。咄嗟《とっさ》に言葉が出てこない海里に、美和は煙草で掠《かす》れた声で、早口に言った。

『完全に道が閉ざされたなんて思わないで。あたしは、才能があると確信した子しか育てない。それは理屈じゃない、勘なの』

「……そんな話、初めて聞いた」

『一年前のあんたなら、そんなことを言えば、とんでもなくつけ上がってたでしょ？　でも、今のあんたは違う。声を聞けばわかるわ。いいこと、あんたには才能がある』

海里は、思わず苦笑いで首を横に振った。

「待ってよ。朝の情報番組で嘘んこの料理コーナーか、ドラマの端役しかさせてもらえないような奴に、何の才能があるって？」

だが美和は、少しも笑わなかった。彼女は真剣で、その声には熱がこもっていた。

『さあ。でも、まだ花開いてない才能が、きっとあんたにはある。だから今はそこで存分に色んなことをして、色んな人に会いなさい。何でも経験しなさい。いつか、それがこっちの世界で役に立つ日が来るわよ。そのとき、あんたがそれを望みさえすればね』

「美和さん……」

『お互い、今は待つ時期ね。……でもカイリ、あたしは、五十嵐カイリを諦《あきら》めてないのよ。少なくとも、あんたに投資した分を回収するまではね』

わざとせちがらい台詞《せりふ》で締め括り、海里の返事を聞かずに、美和は通話を終えた。

「んなこと、唐突に言われたって……。俺はもう、芸能界への未練はぶち切ったんだってば」

沈黙したスマートホンを手に持ったままの海里の耳に、「お優しい方ですなあ」という男の声が聞こえる。

「わッ」

海里は意表を突かれて、胡座《あぐら》をかいたまま、器用に飛びすさった。

見れば、いつの間にか起床したロイドが、人間の姿で、次々と段ボール箱からチョコレートの包みを取り出し、畳の上に並べている。

「お、起きたならまず挨拶しろよ！　ビビっただろ。あと、勝手に出すな」

「お電話中でしたので、ご挨拶は心の中で申し上げました。それから、お荷物は一度すべて出さねば、確認ができません」

「そうだけど！」

「おお、これは……噂に聞いたベルギーの有名なチョコレート！　こちらはパリの！　はああ、海里様は、数多《あまた》の令嬢がたに愛されておいでなのですなあ」

歓声を上げるロイドに、海里はちょっとシニカルに笑って言い返した。

「ありがたいけど、この子たちが好きなのは、五十嵐カイリだよ。俺じゃない」

それを聞いて、ロイドはあからさまに面食らった顔をした。戸惑いながら、海里に問いかける。

「五十嵐カイリというのは、海里様の芸名でございましょう？　つまり、あなた様自身でいらっしゃるのでは？」

海里は肩をそびやかし、冷ややかに答える。

「それは、何ていうか、虚像の俺。陽気で能天気で何言われても傷つかなくて、恰好《かっこう》つけで自信に満ちあふれてて、ついでに料理上手な、作り物の俺だよ。言うなれば、役者が演じるキャラクターみたいなもんだって」

だが、それでもロイドはまったく納得しなかった。

「役者が役を演じるとき、お芝居には、その役者の生き方や考え方が自然と反映されるものでございましょう。つまり、『五十嵐カイリ』は、海里様の人生や人格の欠片《かけら》をお持ちのはず。まったくの虚像ではありますまいよ」

ぐうの音も出ない正論をさらりと突きつけられて、海里は悔しそうに口を尖《とが》らせる。

「寝起きの眼鏡のくせに、いきなりご主人様に説教かよ」

そして海里は、それ以上の会話を拒むかのように、目についた封筒を片っ端から取り出し、「五十嵐カイリ」あてのファンレターを読み始めた。

「みんな、こんなにびっしり、何枚も書いてきてくれてたんだな」

以前は面倒くさがって、ごくごく一部のファンレターを流し読みするばかりで、「だいたい同じこと書いてるんでしょ。あとは捨てといて」などと心ないことを言っていた自分の行いを振り返り、顔から火が出そうになる。

手紙に綴られたメッセージは、どれも心のこもったものばかりだった。

ろくでもない、世間知らずのお調子者が、ただ人気取りのためにやっていた料理コーナーを、彼女たちは確かに愛してくれていた。

そして、五十嵐カイリの笑顔が、「ディッシー！」という明るい声が、毎朝の楽しみだった、あれを見ると元気が出たと言ってくれるファンが、まだ存在している。

今の海里の幸せを祈りながらも、いつか芸能界に戻れる日が来ることを、彼女たちは皆、心から願ってくれていた。

全盛期に比べれば、「たったこれだけ？」と言いたくなるような数の手紙とプレゼントが、今の海里には、驚くほど重く、優しく、切なく、温かく感じられる。

手紙を読むうち、海里は、鼻の奥がツンとしてくるのを感じた。

だが、海里が読み終えた手紙を無断でどんどん読んだロイドが、海里よりも先に、盛大にしゃくり上げる。

「おい、出しそびれた俺の涙を返せ。何を勝手に読んで、しかも号泣してるんだよ」

迷惑そうな海里を気にも留めず、ロイドは感涙にむせびながら、「我が主《あるじ》がこれほどまでに愛されていらっしゃるのが嬉《うれ》しくて」と訴える。

「ばーか、俺はもっと嬉しいんだよ」

そう言うと、海里はしみじみと手紙やプレゼントを見つめた。その口から、自然と言葉がこぼれ落ちる。

「なあ、ロイド。さっきお前が言ったこと、悔しいけど正解」

「で、ございましょうぅ？」

まだ涙声ながら、ロイドはそれでも胸を張る。

海里は、畳の上にゴロリと大の字になった。暖房の入っていない室内は寒いはずだが、窓から差し込む午後の光が、ぽかぽかと暖かい。

「俺、こないだ夏神さんに『甘えてる』なんて言っちゃったけど、今、同じことを自分に言わなきゃ。俺、超甘えてた」

ロイドは、「そうなのですか？」とフラットに問い、最近得意になった正座に座り直す。

海里は小さく頷《うなず》き、自分に言い聞かせるように話を続けた。

「春先からこっち、あんまり色んなことがあったからさ。俺、芸能人時代の自分を、まるっと捨てた気になってた。脱皮したみたいに、生まれ変われた気分になってたんだ。だけどそれってやっぱり、身勝手で調子に乗ってたな。本質的には、ちっとも変わってなかったわ」

ロイドは優しい目をして、涙を拭《ぬぐ》いながら、黙って聞いている。海里は寝ころんだまま、そんなロイドの顔を見上げた。

「過去の自分は、古い皮みたいに捨てちゃいけないんだ。そもそも、するっと脱げるようなもんでもないよな。お前の言うとおり、五十嵐カイリも、俺だ。芸能界への未練を断ち切るってのは、五十嵐カイリを殺したり、切り捨てたりすることじゃないんだ。だって、今もこうして、五十嵐カイリを好きでいてくれる人たちがいるんだから」

「その方々に、わが主は責任を果たされるおつもりなので？」

ロイドの質問は、シンプルなだけに、時に核心を突く。

海里は少し困り顔で首を傾げた。

「責任を果たせるかどうかは、わかんねえ。さっき美和さんが言ったように、ホントに俺に才能があるかどうかもわかんねえ。いつかチャンスが来たら、芸能界に戻るべきなのか、自分が戻りたいと思ってるかどうかも、正直、今はハッキリしない」

自分の気持ちを確かめるようにゆっくり話しながら、海里は磨《す》りガラスの窓から差し込む光に向かって、両手を差し伸べる。

「だけど、今はそれでいいんだって思う。だって、芸能界にはもういなくても、五十嵐カイリは、俺の中にちゃんといる。一緒にここで色んなことを経験して、勉強して、成長できる。俺が変われば、俺ん中の五十嵐カイリも変わっていくんだな」

「はい」

ロイドは、よく出来ましたというように、大きく頷く。

自分に言い聞かせるような口調で、海里は喋《しゃべ》り続けた。

「後のことは、考えるべきときが来たら、考えることにする。ただ、未練を断ち切るなんて言葉で、五十嵐カイリをいなかったことにするのは、もうやめるよ」

「それでよろしいかと。明日《あした》は明日の風が吹く、と申しますからね」

「ホントにそうだな。ありがとな、ロイド。お前っていつも、ピンポイントにいい言葉をくれるから不思議だよ」

「以前の主が学者でいらっしゃいましたから、わたしも豊かな語彙《ごい》を誇っております。何でしたら、お教え致しますよ。……おや、これは美しい。宝石のようなチョコレートでございますよ、海里様。どれ、一つお毒味を」

飄々《ひょうひょう》とした調子で話しながら、ロイドは実にさりげなく、いちばん豪華そうなチョコレートの包みを開け、箱を開いて、ルビーのような色合いのチョコレートをつまみ上げた。

「うっせえな。お前も大概、調子に乗る奴だよ。つか、俺より先に、俺が貰《もら》ったチョコを開けるな！　でもって食うな！　食うなって言ってんだろ！」

海里は慌てて起き上がり、ロイドの手からチョコレートを没収しようとする。だが、それより一瞬早く、カッティングされた宝石を思わせる形のチョコレートは、ロイドの口の中に消えていた。

「あああ、食ったな！」

モグモグとチョコレートを咀嚼《そしゃく》しながら、ロイドはとろけそうな笑顔になった。

「現在進行形で、いただいております。おお、たいへん滑らかな食感でございますね。人間の皆様であれば、さぞ、体温で優しく溶けるのでありましょう。なお、中に入っておりましたのは、ラズベリー風味の……」

「誰も、実況してくれとは言ってねえ。くそ、夏神さんが今、プリンを四個作ってるから、残ったひとつはお前に譲る……ってさっきまで言おうと思ってたけど、絶対譲らねえ。俺が貰う。つか、いっそお前は要らないって言ってることにして、夏神さんと二つずつ食ってやっからな！」

酷《ひど》くいじましい意地悪宣言をして、海里はすっくと立ち上がり、部屋を出ていく。

「夏神さーん！」という声と共に階段を駆け下りる物音に、いつもは泰然としているロイドも、狼狽《うろた》えて立ち上がった。

「お、お待ちください。虚偽の申告はいけませんよ、海里様！　と、ここで言っても仕方がないのですね。なんと、チョコレート一つでその仕打ち。あまりにもあまりでございますよ！　ああ、それもここで申し上げても……！　とにかく、申し開きを致さねばなりません。これはお毒味……いえ、いっそ正直に、目の前にチョコレートがあれば、それを口に運ばずにいられないのが付喪神《つくもがみ》でありますと……」

早くも無人の室内で弁解を始めながら、チョコレートの箱をしっかり抱えて階下へ向かおうとしたロイドは、ふと、足を止めて振り返った。

そして、海里への想いの詰まった手紙やプレゼントたちに敬意と感謝を込め、微笑みながら一礼し、こう囁《ささや》いた。

「つい、お邪魔をしてしまいました。改めて後ほど、海里様を、ここでおひとりにして差し上げます。どうか皆様、大いに泣かせて差し上げてくださいね」

毎度、夏神です。最近、イガにまかないを任せとったら、えらい小洒落た料理ばっかし作りよって、このままでは定食屋のアイデンティティがピンチや。ここはいっちょ俺が定食屋らしい……あ？　今回は洋食で頼む？　しゃーないなあ、ほな、まかないバージョンで簡単にできる二品、さくっと紹介しよか！

煮込まない！ ささっと作るまかないハヤシライス

★材料（2人前）

ご飯…………………適量

牛薄切り肉…………200gくらい

切り落としで勿論ええよ！
俺的には、赤身多めがお勧めや

タマネギ……………1個

細めのくし切りにしといてな

トマト水煮…………1缶

ダイス切りの奴があったら楽や。
丸ごとやったら鍋に入れるとき、
手でグシャッと潰したらええよ

しめじ………………1パック

石づきを取って、一本ずつにしといてな。
エリンギでも椎茸でもOKや

小麦粉………………大さじ2

コンソメの素………1個

ケチャップ…………大さじ4

砂糖…………………大さじ1

ウスターソース……大さじ2

塩、胡椒、バター……適量

卵……………………3個

ボウルに割り入れて、よう解いといて

牛乳…………………大さじ3

マヨネーズ…………大さじ1/2くらい

これはお好みでな。
入れたら卵がフワッとするで

★作り方

❶フライパンに少し油を引いて（テフロンやったら不要）、肉をざっと炒める。軽うに塩胡椒して、ええ焼き色をここでしっかり付けとこう。次に、タマネギとしめじを入れて、強めの中火で歯ごたえを残して火を通す。

❷弱火にしたら小麦粉を振り入れて、炒めながら、粉をよう馴染まして。それから、トマト水煮缶、コンソメの素、ケチャップ、砂糖を入れて、ざっと煮る。濃すぎるようやったら、トマトの空き缶に半分くらい水を入れて、適当に薄めるとええよ。そしたら、缶の壁にくっついたトマトも、無駄にならへんしな！

❸好みの濃さに煮詰めたら、加減を見ながら、ウスターソースで味を調える。濃厚なんが好きやったら、火を止めてから、仕上げにバターをひとかけ落としてもええ。

❹ご飯に❸のハヤシライスソースをかけたら、フライパンを洗って、もっぺん火にかけよう。ボウルの卵に牛乳とマヨネーズを入れてよう混ぜたら、少しの油かバターを引いたフライパンに流し入れて、中火でゆったり掻き混ぜて、半熟気味のスクランブルエッグを作る。

❺それぞれの美的センスで、スクランブルエッグをハヤシライスの上に載っけたら、完成や！「ばんめし屋」風、簡単洋食やな！　手持ちがあれば、緑色の野菜をちょい飾ると、より洋食っぽく美味しそうになるで〜。

ロイドのための、簡単カスタードプリン

★材料（120ccくらい入るプリン型or耐熱容器　5〜6個分）

〈プリン液〉

牛乳……………400cc　柔らかめが好きやったら、大さじ1くらい追加して

砂糖……………60g　甘さはちーと控えめや。何やったら、もうちょい増やしてもええよ

卵………………小さめなら4個、大きめなら3個

お好みで、バニラエッセンス……………少々　店にはないから、うちでは使ってへんけど

〈カラメルソース〉

砂糖……60g　水……大さじ2　熱湯……大さじ2

★作り方

❶もし、ちゃんと皿に引っ繰り返して食べるんやったら、プリン型の内側にサラダ油を薄〜く塗りつけといて。うちはイガもロイドもそのまんま匙でほじりよるから、これは省略や。卵はボウルに割り入れて、親の仇くらいによう解きほぐしておいてな。

❷まずは、カラメルソースを作るで。小鍋に砂糖と水を入れて、中火にかける。砂糖が溶けていくのを、じーっと見といてな。端っこがうっすら茶色に焦げてきたら、鍋を揺すって、全体的に焦がす。ここでカラメルの苦さが決まるから、加熱をやめるタイミングはお好み次第や。火を止めて、熱湯を足してよう混ぜたら完成やで。熱湯はそのまま入れたら跳ねやすいから、箸か木べらを伝わせると怖うのうてええな。そのまま型に注ぎ分けとこう。

❸次は、プリン液や。鍋に牛乳と砂糖を入れて中火にかけたら、木べらでゆっくり混ぜながら、砂糖が溶けて、指入れたら「ちょい熱」くらいまで温める。絶対に、沸かしたらあかんで？　そしたら、溶き卵のボウルに少しずつ混ぜながら入れて、バニラエッセンスを加え、面倒やけどできたら、いっぺん濾したほうがええ。ザルで十分やからな。

❹プリン液を型に流し込んだら、そのまんまでもええけど、できたら爪楊枝か何かで、端っこに浮いた泡を潰しとくと、仕上がりが綺麗や。で、蒸し器に入れたら、弱火で15〜20分ほど蒸す。真ん中を竹串で刺してみて、濁った汁が出んかったら、蒸し上がりや。あとは、冷蔵庫で冷やしたら完成やで!

※蒸し器がないときは、型にプリン液を注いだら、アルミホイルで一個ずつ蓋をすること。そんで、大きめの鍋に2〜3cmほど水を張って火にかけて、沸騰さした奴を蒸し器代わりに使うたらええ。弱火にしてから型を並べて蓋をして、10〜15分くらい蒸してくれ。この場合は、火を止めてから20分くらいそのまんま置いて、余熱で火を通すんがええな。

イラスト／緒川千世

本書は書き下ろしです。
この作品はフィクションです。実在の人物、団体等とは一切関係ありません。

最後《さいご》の晩《ばん》ごはん
師匠《ししょう》と弟子《でし》のオムライス
樵野道流《ふしのみちる》

平成27年 12月25日　初版発行
令和6年 5月20日　3版発行

発行者●山下直久

発行●株式会社KADOKAWA
〒102-8177　東京都千代田区富士見2-13-3
電話　0570-002-301(ナビダイヤル)

角川文庫 19510

印刷所●株式会社KADOKAWA
製本所●株式会社KADOKAWA

表紙画●和田三造

ISBN978-4-04-103370-8　C0193

◆◇◇

角川文庫発刊に際して

角　川　源　義

第二次世界大戦の敗北は、軍事力の敗北であった以上に、私たちの若い文化力の敗退であった。私たちの文化が戦争に対して如何に無力であり、単なるあだ花に過ぎなかったかを、私たちは身を以て体験し痛感した。西洋近代文化の摂取にとって、明治以後八十年の歳月は決して短かすぎたとは言えない。にもかかわらず、近代文化の伝統を確立し、自由な批判と柔軟な良識に富む文化層として自らを形成することに私たちは失敗して来た。そしてこれは、各層への文化の普及滲透を任務とする出版人の責任でもあった。

一九四五年以来、私たちは再び振出しに戻り、第一歩から踏み出すことを余儀なくされた。これは大きな不幸ではあるが、反面、これまでの混沌・未熟・歪曲の中にあった我が国の文化に秩序と確たる基礎を齎らすためには絶好の機会でもある。角川書店は、このような祖国の文化的危機にあたり、微力をも顧みず再建の礎石たるべき抱負と決意とをもって出発したが、ここに創立以来の念願を果すべく角川文庫を発刊する。これまで刊行されたあらゆる全集叢書文庫類の長所と短所とを検討し、古今東西の不朽の典籍を、良心的編集のもとに、廉価に、そして書架にふさわしい美本として、多くのひとびとに提供しようとする。しかし私たちは徒らに百科全書的な知識のジレッタントを作ることを目的とせず、あくまで祖国の文化に秩序と再建への道を示し、この文庫を角川書店の栄ある事業として、今後永久に継続発展せしめ、学芸と教養との殿堂として大成せんことを期したい。多くの読書子の愛情ある忠言と支持とによって、この希望と抱負とを完遂せしめられんことを願う。

一九四九年五月三日

リトル・バイ・リトル

島本《しまもと》理《り》生《お》

平成30年 5月25日　初版発行
令和6年 4月30日　6版発行

発行者●山下直久

発行●株式会社KADOKAWA
〒102-8177　東京都千代田区富士見2-13-3
電話　0570-002-301（ナビダイヤル）

角川文庫 20927

印刷所●株式会社KADOKAWA
製本所●株式会社KADOKAWA

表紙画●和田三造

●お問い合わせ
https://www.kadokawa.co.jp/（「お問い合わせ」へお進みください）
※内容によっては、お答えできない場合があります。
※サポートは日本国内のみとさせていただきます。
※Japanese text only

ISBN978-4-04-106750-5　C0193

角川文庫発刊に際して

角川源義

第二次世界大戦の敗北は、軍事力の敗北であった以上に、私たちの若い文化力の敗退であった。私たちの文化が戦争に対して如何に無力であり、単なるあだ花に過ぎなかったかを、私たちは身を以て体験し痛感した。西洋近代文化の摂取にとって、明治以後八十年の歳月は決して短かすぎたとは言えない。にもかかわらず、近代文化の伝統を確立し、自由な批判と柔軟な良識に富む文化層として自らを形成することに私たちは失敗して来た。そしてこれは、各層への文化の普及滲透を任務とする出版人の責任でもあった。

一九四五年以来、私たちは再び振出しに戻り、第一歩から踏み出すことを余儀なくされた。これは大きな不幸ではあるが、反面、これまでの混沌・未熟・歪曲の中にあった我が国の文化に秩序と確たる基礎を齎らすためには絶好の機会でもある。角川書店は、このような祖国の文化的危機にあたり、微力をも顧みず再建の礎石たるべき抱負と決意とをもって出発したが、ここに創立以来の念願を果すべく角川文庫を発刊する。これまで刊行されたあらゆる全集叢書文庫類の長所と短所とを検討し、古今東西の不朽の典籍を、良心的編集のもとに、廉価に、そして書架にふさわしい美本として、多くのひとびとに提供しようとする。しかし私たちは徒らに百科全書的な知識のジレッタントを作ることを目的とせず、あくまで祖国の文化に秩序と再建への道を示し、この文庫を角川書店の栄ある事業として、今後永久に継続発展せしめ、学芸と教養との殿堂として大成せんことを期したい。多くの読書子の愛情ある忠言と支持とによって、この希望と抱負とを完遂せしめられんことを願う。

一九四九年五月三日

角川文庫ベストセラー

コイノカオリ

角田光代・島本理生・栗田有起・生田紗代・宮下奈都・井上荒野

人は、一生のうちいくつの恋におちるのだろう。ゆるくつけた香水、彼の汗やタバコの匂い、特別な日の料理からあがる湯気——。心を浸す恋の匂いを綴った6つのロマンス。

本をめぐる物語 小説よ、永遠に

神永 学、加藤千恵、島本理生、椰月美智子、海猫沢めろん、佐藤友哉、千早 茜、藤谷 治
編／ダ・ヴィンチ編集部

人気シリーズ「心霊探偵八雲」の中学時代のエピソード「真夜中の図書館」、物語が禁止された国に生まれた子どもたちの冒険「青と赤の物語」など小説が愛おしくなる8編を収録。旬の作家による本のアンソロジー。

偶然の祝福

小川洋子

見覚えのない弟にとりつかれてしまう女性作家、夫への不信がぬぐえない妻と幼子、失踪者についつい引き込まれていく私……心に小さな空洞を抱える私たちの、愛と再生の物語。

夜明けの縁をさ迷う人々

小川洋子

静かで硬質な筆致のなかに、冴え冴えとした官能性やフェティシズム、そして深い喪失感がただよう——。小川洋子の粋がつまった粒ぞろいの佳品を収録する極上のナイン・ストーリーズ！

薄闇シルエット

角田光代

「結婚してやる」と恋人に得意げに言われ、ハナは反発する。結婚を「幸せ」と信じにくいが、自分なりの何かも見つからず、もう37歳。そんな自分に苛立ち、戸惑うが……ひたむきに生きる女性の心情を描く。

角川文庫ベストセラー

西荻窪キネマ銀光座
角田光代
三好　銀

ちっぽけな町の古びた映画館。私は逃亡するみたいに座席のシートに潜り込んで、大きなスクリーンに映し出される物語に夢中になる——名作映画に寄せた想いを三好銀の漫画とともに綴る極上映画エッセイ！

幾千の夜、昨日の月
角田光代

初めて足を踏み入れた異国の日暮れ、終電後恋人にひと目逢おうと飛ばすタクシー、消灯後の母の病室……夜は私に思い出させる。自分が何も持っていなくて、ひとりぼっちであることを。追憶の名随筆。

今日も一日きみを見てた
角田光代

最初は戸惑いながら、愛猫トトの行動のいちいちに目をみはり、感動し、次第にトトのいない生活なんて考えられなくなっていく著者。愛猫家必読の極上エッセイ。猫短篇小説とフルカラーの写真も多数収録！

きりこについて
西　加奈子

きりこは「ぶす」な女の子。小学校の体育館裏で、人の言葉がわかる、とても賢い黒猫をひろった。美しいってどういうこと？　生きるってつらいこと？　きりこがみつけた世の中でいちばん大切なこと。

炎上する君
西　加奈子

私たちは足が炎上している男の噂話ばかりしていた。ある日、銭湯にその男が現れて……動けなくなってしまった私たちに訪れる、小さいけれど大きな変化。奔放な想像力がつむぎだす不穏で愛らしい物語。

角川文庫ベストセラー

あなたには帰る家がある　山本文緒

平凡な主婦が恋に落ちたのは、些細なことがきっかけだった。平凡な男が恋したのは、幸福そうな主婦の姿だった。妻と夫、それぞれの恋、その中で家庭の事情が浮き彫りにされ――。結婚の意味を問う長編小説！

なぎさ　山本文緒

故郷を飛び出し、静かに暮らす同窓生夫婦。夫は毎日妻の弁当を食べ、出社せず釣り三昧。行動を共にする後輩は、勤め先がブラック企業だと気づいていた。家事だけが取り柄の妻は、妹に誘われカフェを始めるが。

結婚願望　山本文緒

せっぱ詰まってはいない。今すぐ誰かと結婚したいとは思わない。でも、人は人を好きになると「結婚したい」と願う。心の奥底に巣くう「結婚」をまっすぐに見つめたビタースウィートなエッセイ集。

そして私は一人になった　山本文緒

「六月七日、一人で暮らすようになってからは、私は私の食べたいものしか作らなくなった。」夫と別れ、はじめて一人暮らしをはじめた著者が味わう解放感と不安。心の揺れをありのままに綴った日記文学。

再婚生活 私のうつ闘病日記　山本文緒

「仕事で賞をもらい、山手線の円の中にマンションを買い、再婚までした。恵まれすぎだと人はいう。人にはそう見えるんだろうな。」仕事、夫婦、鬱病。病んだ心と身体が少しずつ再生していくさまを日記形式で。